光文社文庫

文庫書下ろし

不知森《しらずもり》の殺人

浅見光彦シリーズ番外

和久井清水

光 文 社

この作品は光文社文庫のために書下ろされました。

目次

主な登場人物

浅見元彦《あさみもとひこ》　代言人《だいげんにん》（弁護士）の試験に落ちた駆け出しの探偵　24歳

内田紫堂《うちだしどう》　浅見の友人。帝国大学の学生。文士を目指している　24歳

お雪《ゆき》　元彦の下宿の女主人。元彦を母親代わりとなって育てた　41歳

おスミ　お雪の娘。しっかり者でお雪を支えている　17歳

浅見陽山《ようざん》　元彦の兄。若くして警保局長となった秀才　38歳

海野又左衛門《うみのまたざえもん》　海野商会の社長　46歳

海野志津《しづ》　絃葉の母親。又左衛門の後妻　37歳

海野絃葉《いとは》　おスミの高等小学校時代の友だち。志津の連れ子　17歳

海野清蔵《せいぞう》　又左衛門の長男　22歳

源三《げんぞう》　海野商会の下男　59歳

寛介《かんすけ》　海野商会の元従業員。葛飾村に住む　20歳

吉田《よしだ》**ハナ**　葛飾村に住む農家の妻。内職で竹細工をやっている　42歳

綾部蓮太郎《あやべれんたろう》　綾部家の養子。牛鍋屋で働いている　21歳

綾部咲《さき》　綾部家の長女。蕎麦屋、喜楽庵で働いている　18歳

綾部トシ　咲の母親。蓮太郎の継母　44歳
綾部勇吉《ゆうきち》　咲の叔父　45歳
木村茂太《きむらしげた》　蕎麦屋、喜楽庵の店主。父は町会議員　36歳
木村多佳《たか》　茂太の妻　36歳
瀧本霊法《たきもとれいほう》　占い師。喜楽庵で仕事をすることが多い　49歳
漆原平次郎《うるしはらへいじろう》　蓮太郎の友人。東京の病院で療養していたが最近帰郷した　21歳
大高善兵衛《おおたかぜんべえ》　捨て子を育てる慈善家。子育て善兵衛と呼ばれている　70歳
お鶴《つる》　松川旅館の仲居　25歳
中田《なかた》　船橋警察署の刑事　45歳
瀬崎《せざき》　船橋警察署の刑事　28歳

八《や》幡《わた》不レ《しら》知《ず》森《もり》。諸国に聞えて名高き杜《もり》也《なり》。魔《ま》所《しょ》也といふ。

葛飾誌略より

プロローグ

竹藪がざざっと音を立てた。

びくりとして振り返る。だが深い暗闇があるだけだ。

目が慣れてきたとはいえ、手探りで歩く森はひどく歩き辛かった。降り積もった落ち葉のせいで足場が悪い上に、背中の荷が次第に重く感じてきて息が上がる。

足に絡まる草で倒れそうになり、持っていたスコップを支えにしてどうにかこらえた。

枯れ葉の発酵した湿っぽい臭いが立ちのぼってくる。そこに甘い乳臭さがわずかに混じっていて胸が悪くなる。

風もないのに頭上の木がざわつく。

振り仰げば月のない空が木々の間からかすかに明るく見える。しかし竹やケヤキやカシワの枝やそれに絡まるツタが、森の中に濃く黒い影を落として、噂通りの魔所といった様相だった。

あの世への入り口。

魔物の住処《すみか》。

入ったら出てこられぬ森。

人はさも恐ろしげに言うが、信じたことはない。そんなことがあってたまるかと思う。

魔物よりもなによりも恐ろしいのは、結局のところ人間なのだ。

背負っていたものをどさりと下ろして息をつく。

足で探ると地面はわずかに窪《くぼ》んでいる。池があった場所だと言う者があるが、入れば出てこられない森だと言うのなら、いったい誰が見てきたのだろう。ただ噂通りに池の跡のような窪みがあるのは驚きだ。ここから毒ガスが出るという話もあるが、それならそれで構わない。

「なあ、そうだろう？　おまえと一緒にここで永久《とわ》の眠りにつくのなら、むしろ幸せというものだ」

さっき背中から下ろしたものに、小声でそう呼びかけた。

『ずいぶん優しいこと言うのね』

息絶えた女から、そんな声が聞こえた気がした。

「ああ、俺はもともと優しいんだ。おまえがつれない態度をとるから……。だから俺はあんなことをしてしまった」

『後悔しているの？』

「いいや、後悔なんてしていない。これでおまえはもう、誰のものにもならないんだ」

『いいえ、死んだって心はあなたのものにはなりません』

女の言葉に、かっと頭に血がのぼる。

「おまえは俺のものだ。死んだって、骨になったって俺だけのものだ」

スコップを取り上げ、力任せに落ち葉の積もった地面に突き立てる。

怒りが収まらない。

耳の中を熱い血が、ごうごうと音を立てて渦巻いた。

違う。この音は頭の上の黒い木がざわめく音だ。

幾十もの亡者が呪いの言葉を吐いているのだ。

「なぜだ。なぜおまえは俺の言うことを聞かない」

力任せに土を掘る。

もっとだ。もっと深くだ。

「おまえが悪いんだ。こんなことになったのは、みんなおまえが悪いんだ」

亡者の呪詛に負けじと、こちらも呪いの言葉を吐き続けた。

背後から小枝を踏む音がした。
動きを止めて、全身を耳にする。
振り返ると提灯《ちょうちん》の明かりが揺れた。こちらに向かってくるようだ。
汗が一筋、背中を伝って流れ落ちた。
スコップを握る手に力を込め、明かりに向かって駆け出した。

第一章　煉瓦《レンガ》街の依頼人

銀座《ぎんざ》煉瓦街の一角、銀座通りから一本入ったところに、浅見《あさみ》元彦《もとひこ》の下宿はあった。表通りに面していなくても、街の喧騒《けんそう》が聞こえてきて充分に賑《にぎ》やかだった。

浅見は活気に満ちたこの銀座が好きだ。実家がある閑静な千駄木《せんだぎ》も、もちろん好きだが、あそこにはたくさんの思い出がありすぎる。

浅見が生まれ育った家は、懐かしい記憶とともに、浅見を産むと同時に亡くなってしまった美しい母、時子《ときこ》が確かにここで生き、生活していたという証がいまだにそこここにあって、浅見には切ない場所でもある。

実を言うと浅見は、代言人《だいげんにん》（弁護士）として自立し、この下宿で暮らすつもりだった。しかし試験に落ちてしまったのだ。実家の兄は戻ってこいと言ってくれたが、お雪《ゆき》のたっての希望でこの下宿に住み続けることになった。

浅見としても居候として実家で暮らすよりも気が楽だった。もっとも今のところ、浅見の稼ぎは小遣い程度なので、兄に生活費を援助してもらっている、という情けない状況になっている。

浅見は下宿の一階にある洋間で新聞を読んでいた。部屋の中央には大きな洋卓《テーブル》があり、ここは自然と人が集まる場所になっている。今も浅見のほかに下宿の女主人、お雪と一人娘のおスミがそれぞれ本を読み、針仕事をしていた。

気だるいような昼下がりだった。都会のざわめきは中休みをしているかのようで、ぽっかりとした空洞に入り込んだような、静かな時が流れていた。

お雪が本の頁《ページ》をそっとめくる音がする。時々、ふっとため息を漏らし、小首をかしげてあらぬ方を見つめ、また続きを読む。

「なにか難しいものを読んでいるようですね」

浅見は気になって声をかけた。

「ええ、とても難しゅうございます。いったいなぜこのかたが、このようなことをなさったのか、理解に苦しみます」

お雪はぽっちゃりした頬をさらに膨らませ、眉間《みけん》に皺《しわ》を寄せた。

お雪がこんなおどけた顔をするのは珍しい。なにせ若い頃から浅見の母、時子付きの女中として仕えていたので、行儀作法に関しては非の打ち所がないのだ。

時子の実家は、もとは摂津《せっつ》にある小藩の大名だったが維新後は男爵になった、という割と堅苦しい家柄だ。

お雪は時子が浅見家へ嫁入りする時に一緒にやってきた。そして次男である浅見元彦の出産と同時に亡くなった時子の代わりに、浅見を育ててくれたのだった。母の記憶を持たない浅見が、母の姿をありありとまぶたに描くことができるのは、折に触れて母の話をしてくれるお雪のおかげだ。

お雪が読んでいる本の背表紙を見ると、『悪党紳士』とある。黒岩涙香《くろいわるいこう》の翻案小説である。黒岩涙香は『都新聞《みやこしんぶん》』に探偵小説を連載し、評判をとっている作家だ。『悪党紳士』はもとは仏蘭西《フランス》の流行作家の作品だが、舞台を日本に置き換えたものだ。浅見は読んだことはないが、隣室で起こった殺人事件をのぞき見した女性が、悪人から脅迫を受けるなどする、非常に凄味《スリル》のある面白い物語だと聞いている。黒岩涙香は現在、『都新聞』の社長と対立し、退社して新しい新聞社を作るとか作らないとかいう噂だ。

「お雪さん、こういうのを読むのですか?」

浅見は驚いて訊《たず》ねた。お雪が先日読んでいたのは巖谷小波《いわやさざなみ》の『初紅葉《はつもみじ》』だった。巖谷小波を浅見は読んだことはないが、少年少女の感傷的《センチメンタル》な恋愛を描く作家のはずだ。お雪はそういう物語を好むのだと思っていた。

「紫堂《しどう》さんが貸してくださいました。たいそう面白いそうで」

「で、面白いですか？」

お雪は大きくうなずいた。

「面白うございます。こういう本は読んだことがありませんでしたから。嘘のお話だとわかっていても、とても怖いですし悪者が成敗されるのかどうか、先が気になります」

「そういうものですか」

お雪が探偵小説を面白いというのが意外で、浅見は目をしばたたいた。そういえばお雪は、血なまぐさい事件に惹《ひ》かれる傾向があるようだ。東京《とうきょう》で起きた殺人事件などは、熱心に新聞を読んで、犯人はどんな人間で動機はなにで、と浅見に逐一報告してくれる。

特にお雪が熱狂したのは、昨年の五月に起きた大津《おおつ》事件だ。

来日した露西亜《ロシア》の皇太子に、滋賀《しが》県の巡査が斬りかかったというものだ。皇太子は頭部に傷を受けたが、命に別状はなかった。犯人の津田三蔵《つださんぞう》は、皇太子の来日は日本を侵略する目的の地勢調査である、と信じていたという。津田は逮捕後、無期徒刑《むきとけい》（無期懲役）の判決を下され獄中で死亡した。

この事件は警察官が国賓の殺害を企てたということで、日本中が大騒ぎになった。日本橋《にほんばし》で女中奉公をしていた畠山勇子《はたけやまゆうこ》は、露西亜との国交が悪化するのを憂慮し、国家の危機を救うためとして自殺した。

お雪も連日、新聞を読み、あるいは井戸端会議から情報を仕入れて、事件について興奮して語ったものだった。

ふと見ると、またおスミがぼんやりと宙を見ている。今日はなんだかいつもと違う。どちらかといえば快活なおスミは、こんな時いつでも話に入ってくるのだが、今日は一心に縫い物をしていたかと思うと、手を止めて暖炉のある壁を見つめていたりする。手元の布は黄色い花模様で、おスミの前掛けらしかった。暖炉の上には飴色の木枠に精緻《せいち》な彫刻がほどこされた時計が載っている。壁にはリンゴや緑の壺が描かれた静物画が掛けられているが、そのどちらも見ているわけではなさそうだった。

おスミが浅見の視線に気がついて、気まずそうに目を伏せる。

「あっ、イタ」

指に針を刺したらしく、おスミは人差し指を口に持っていった。

「まあ、おスミ。ぼんやりしていたのですね。まだお返事は来ないのですか」

お雪は気遣わしげにおスミを見遣った。

「ええ。まだです」

話がそれきり終わってしまいそうなので、浅見は気になって訊《き》いた。

「返事というのは？」

「おスミのお友だちから、お手紙の返事が来ないのだそうです。それでこの間から、こうやってぼんやり考え込んでいるのです。なにか事情があるのでしょうから気長に待ってみたらどうです、って言ったのですが」

「紘葉《いとは》ちゃんは、いつもすぐに返事をくれるんです。こんなに長い間返事がこないなんておかしいんです。もし、病気とかで返事が書けないのなら、紘葉ちゃんのお母さんが知らせてくれたっていいでしょう？　なにかあったんじゃないかしら」

紘葉は高等小学校時代の友人で、卒業を目前に父親が病気で亡くなり、母親が行徳町《ぎょうとくまち》の人と再婚したのだそうだ。おスミとは一番の仲良しで、離ればなれになってしまったが、これまで欠かさず手紙のやり取りをしていたのだという。

「そうですか。おスミちゃんがそんなに悩んでいたなんて、ちっとも知らなかったなあ」

浅見は自分の鈍感さが、ちょっと嫌になった。

「坊っちゃまは、ここのところお忙しかったのですから、仕方ありませんわ」

浅見はお雪を母のように思っているが、お雪のほうはいまだに浅見家の人々を主家と仰ぎ、前時代的な態度を崩さない。そして浅見のことを「坊っちゃま」と呼び、娘のおスミも自然とそう呼んでいる。

「坊っちゃまのお仕事が順調で、亡くなった奥様もお喜びになりますわ」

お雪は嬉しそうに目を細めた。

たしかにこのひと月ほどの間は忙しかった。家出をした猫を探したり、身辺調査をしたりと、いっぱしの探偵のようであった。だがそれを、「お仕事」と言われるのは、ちょっと気恥ずかしい。なぜならそれは仕事と言えるようなものではなく、ほんの小遣い稼ぎ程度のものだった。しかもその「お仕事」は自分の力で得たものではなく、せっせと取ってきてくれる友人がいればこそだったのだ。

「やあ、みなさんお揃いで」

玄関のドアが開いて、当の友人、内田《うちだ》紫堂が入って来た。相変わらずの底抜けに明るい挨拶だ。一見すると不真面目な遊び人のようだが、実は帝国大学文学部に籍を置く秀才である。

紫堂は井桁《いげた》柄の絣《かすり》、小倉袴《こくらばかま》に高下駄というといういつもの格好だ。髪はボサボサで埃《ほこり》っぽく、襟は汚れで黒光りしている。おスミからは会うたびに、髪を洗えだの洗濯をしろだのとお小言をもらうが、まったく意に介さず、「おスミちゃん、洗ってよ」などと逆に甘える始末で、おスミからは嫌われているように見える。それでも紫堂は、おスミが自分に気があると思い込んでいるようだ。

「あれ、おスミちゃん。どうしたの？　元気がないね」

悔しいが紫堂は、女性の心理には非常に敏感だった。それ故、女性にはもてるのだと本人は豪語している。

お雪が浅見にしたのと同じ説明を繰り返す。

「手紙ですか。これは失敬。この家の前で郵便屋さんにちょうど会ってね。ほら、おスミちゃん宛の手紙だ」

おスミは受け取ると、ぱっと立ち上がった。

「紫堂さん、ありがとうございます」

喜びで頬が輝いている。手紙を胸に抱き、パタパタと足音を立てて自分の部屋に駆け込んだ。

その後ろ姿を呆気《あっけ》にとられて紫堂は見ていた。

「ま、とにかく良かったってことだな。ところで、その木村屋《きむらや》のあんパンは今日のお八つですか？　いいですなあ」

皿の上にたった一つ残ったあんパンに、紫堂の目は釘付けだ。木村屋は通りを隔てたところにあるので、よくお雪が買ってくるのだった。

「それ、紫堂さんの分ですよ。いらっしゃると思ってとっておきました」

お雪が言う。

紫堂は満面の笑みであんパンを取ると、かぶりついた。

「美味い」

お雪も浅見も、つい笑顔になる。紫堂は実に美味しそうにものを食べるのだ。

「しかしまあ、その友だちというのは、まさか男ではないですよね」

口一杯のあんパンを咀嚼《そしやく》しながら訊く。

「ほほほ、紘葉さんという女の子ですよ。ここにも何度か遊びに来たことがあります。とても可愛らしい子でしたから、きっと綺麗な娘さんに成長しているでしょうね」

海野《うみの》紘葉という娘は、以前、川西《かわにし》という名字だったことや、とても素直でいい娘だったことなどをお雪は話した。

「なるほど。川から海になったわけだ」

紫堂が妙なところに感心していると、おスミが居間に戻ってきた。

明らかに様子がおかしい。

開いた手紙を持ったまま、もとの場所にドスンと座った。

「おスミちゃん、どうしたの？」

浅見の問いかけにも反応しない。紫堂は食べかけのあんパンを皿に戻した。

「おスミ」

お雪は優しくおスミの肩を揺すった。

「神隠《かみかく》しだって」

「え？」

浅見は紫堂と顔を見合わせた。お雪も心配そうに浅見たちとおスミの顔を見比べていた。

おスミは手紙を洋卓の上に広げて置いた。

「紘葉ちゃんのお母さんからの手紙だったの。紘葉ちゃん、もう、ずっと前から行方知れずなんですって。捜したけど、どうしても見つからないから諦めたって書いてあるわ。きっと神隠しにあったんだろうって」

おスミは手で顔を覆って泣き始めた。

洋卓の上の手紙を引き寄せて読んでいたお雪が顔を上げた。

「ひと月以上も前に、突然姿が見えなくなったのだそうです。まわりの人は家出じゃないか、などと言うそうですが、家出する理由も思いつかず神隠しにあったのだろうということになった、と書いてあります」

「ひと月以上も前に……」

おスミは涙を拭いて顔を上げた。

「もし家出なら、きっと私に相談してくれたと思います。紘葉ちゃんの身に何かあったんだわ。最後の手紙は、いつもと変わりなくて、今日も八幡様《はちまんさま》に行って白蛇様に会ってきた、なんて書いてありました」

「白蛇様？」

「はい。紘葉ちゃんは信心深くて、しょっちゅう八幡様にお参りに行くんです。そこに有名なイチョウの木があって、白蛇様が棲んでいるのだそうです。白蛇様に会うととても幸せな気持ちになるって、それは嬉しそうに書いていました」

おスミは、「たったひと月で諦めてしまうなんて可哀想」と涙で潤んだ目で浅見を真正面から見つめた。おスミの真剣な面持ちに浅見はたじろいだ。

「坊っちゃま、紘葉ちゃんを見つけてください。お願いします」

洋卓におでこがくっ付きそうなほどに頭を下げる。

「見つけてくださいって……いや、しかし……そんな……」

「私からもお願いします。紘葉さんはおスミの大切な友だちなんです」

お雪まで一緒になって頭を下げる。

「だけど紘葉さんのご両親や、町の人や警察だって捜したのでしょう？　それにいなくなってから一ヵ月以上もたっている。僕なんかが捜して見つけられるとは思えない」

「大丈夫ですよ。坊っちゃまならきっとできます。だって坊っちゃまは探偵なんですもの」

お雪はいつもの優しい笑顔で、それでいてきっぱりとした口調で言った。隣でおスミも大きくうなずいている。

浅見が二の句が継げずたじろいでいると、紫堂は腕組みをし、たいそうな重々しさで言葉を発した。

「浅見、引き受けろ」

「しかし、僕は……」

「おスミちゃんが気の毒だとは思わないのか。大切な友だちが行方知れずなんだぞ。おまえならできる。高知《こうち》の事件だって、みごと殺人事件を解決したじゃないか」

「いや、あれは……」

浅見が解決したというのは言い過ぎだ。あの事件が一応の決着を見たのは、犯人が自首をしたからだ。さらに言えば、紫堂は今も真実を知らないままなのだ（『平家谷殺人事件』参照）。

「これから浅見と基本方針を話し合うので、二階に行きます。おスミちゃん、あとでそのあんパンと紅茶を部屋まで持ってきてくれ」

紫堂は浅見の言葉を遮り、腕を摑んで立たせると引きずるようにして、二階の浅見の部屋に連れて行った。

紫堂は部屋の真ん中にある小さな円卓を指さして「座れ」と言った。

浅見は竹塗りの華奢《きやしや》な小椅子を引いて座った。座面は牡丹《ぼたん》の柄を織り出した象牙色の緞《どん》子《す》だ。円卓と一緒に実家で使っていたものを持ってきたのだ。

「ここは僕の部屋だぞ」むっとして言った。

「聞かせてもらおうじゃないか。どういうことなんだ。基本方針って」

向かいに座った紫堂は、「まあまあ」とニヤニヤ笑いをする。

「引き受けろよ。これは事件の臭いがする」

紫堂は自分の鼻を指でピンッと弾《はじ》いた。

「事件だって？　いいか、紫堂。おスミちゃんの友だちは、一ヵ月以上前に行方不明になったんだ。たくさんの人が必死に捜したに違いない。ひょっとすると……考えたくはないが、生きていない可能性だってある。それを面白半分に引き受けることなんてできないよ。それこそおスミちゃんに申し訳ない」

「面白半分じゃないよ。俺だって真面目だ」

紫堂はちょっと泣きそうになって弁解した。

「友だちがどこにいるのか、生きているかどうかもわからないなんて、とても辛いことだろう？　だけど、浅見が捜して見つからなければ諦めもつくんじゃないかと思うんだ。それにやっぱり、たったの一ヵ月かそこらで諦めるなんておかしい。手紙は実の親から来たものなんだろう？　神隠しだなんて、この近代的な明治の世の中にだぞ。文明開化から何年たっていると思ってるんだ」

「神隠しか……」

「な、おかしいだろう。浅見もそう思うだろう？　お雪さんは紘葉さんが綺麗な娘さんになっているはずだ、と言っていただろう。俺はそこが鍵だと思うんだ」

「鍵とは？」

「つまりだ。もし紘葉さんが美人になっていたとして、そういう娘なら男が放っておかないだろう。言い寄られて、ついふらふらっとなったが親には反対された。それで駆け落ちだ。よくある話だよ。世間体が悪いので親は神隠しにあったことにした。どうだ俺の推理は」

「うーん。可能性としてはあるだろうが、すべて憶測だな。飛躍しすぎだ」

「だからだよ。行ってみないとわからないだろう。ここはおスミちゃんのためにも、一肌脱いでやれよ。俺も手伝う」

「手伝う？」

その時、ドアにノックの音がしておスミが入ってきた。紫堂の歯形が付いたあんパンと紅茶が二つ盆に載っている。

「ありがとう」

紫堂は立ち上がって盆を受け取った。

「あのう……。喧嘩しているわけじゃありませんよね」

「え？　俺たちが？　ぜんぜん、そんなことないよ。なあ、浅見」

「そうだよ、おスミちゃん。心配いらないよ。僕たちは基本方針を話し合っているだけなんだから」

「基本方針が決まったら、おスミちゃんに詳しいことを訊かなきゃならないから、下で待っていてくれたまえ」

「わかりました」

おスミは笑顔を見せて階下に下りていった。

「それで基本方針ってなんなんだ」

紫堂が円卓に戻るとしかつめらしく問いただした。おスミの手前、話を合わせたが「手伝う」などと言っていたことも気になる。

「それはだな。特に意味はない」

紫堂は悪びれもせず言う。

「やはりそうか。僕を説得するために適当に言ったんだな。そして紫堂の魂胆はわかっているつもりだ」

「いやあ、そうか？」

半分ニヤけ顔で頭を掻《か》いた。

「小説のネタになりそうだと思っているのだろう。そううまくはいかないぞ」

次の作品のネタを探すためだろう、紫堂は大学でさかんに浅見のことを宣伝し、様々な依頼を引き受けてくる。猫探しも身辺調査も紫堂が請け負ったものだった。ほかには消えた講義ノートの探索などというものもあった。

おかげで浅見の職業は探偵ということで定着しつつある。お雪とおスミも近所の人に訊かれれば、「坊っちゃまのお仕事は探偵です」などと、胸を張って答える始末だ。

紫堂は高知での事件を、『七人《しちにん》ミサキの呪い』という小説にして、そろそろ書き終わる頃だと聞いている。相当の自信作らしく、できあがったら一番に読んでくれと言われている。再びそういう小説を書こうとしているようだ。だが、そうそう殺人事件が起こるはずがない。

「よからぬことを考えているようだが、期待外れだと思うよ」

浅見は、紘葉がすでに亡くなっている可能性を捨てきれないでいるが、紫堂のほうは駆け落ち事件と考えているようだ。それならば、なおさら小説のネタにはならないだろう。

「いいか、俺は小説家だぞ。事実をそのまま書くのは小説じゃないんだ。俺の作家としての勘が紘葉さんの失踪事件は、非常に良い小説の題材になりうると感じているんだ」

紫堂は掃き出し窓の前まで行き、腕組みをしてこちらを振り向いた。得意満面で、なんだか芝居じみている。

「美女と謎、そして探偵。これほど面白い道具立てはない。さらに、だ。もう一つ加われば、最高の探偵小説ができあがるはずだ」

「もう一つ、とは？」

それには答えず、紫堂は懐から雑誌を取り出した。円卓にバサリと置いて、「これを読め」と言った。

雑誌は西洋のものだった。表紙には『The Strand Magazine』とある。

「ザ、ストランドマガジン？」

浅見はたどたどしい発音で読んだ。

「ああ、英国の大衆向けの雑誌だ。英文学の教授にもらったんだ」

紫堂は、「この、A Scandal in Bohemiaというやつだ」と中ほどの頁を開いて言った。

「これは……。『ボヘミアの醜聞』ってことか？」

紫堂がうなずく。

「なるほど、これに美女と探偵が出てくるんだな」

近頃は翻訳、翻案の探偵冒険小説が大はやりだ。紫堂はこの流行に乗ろうとしているのだろう。流行り物にすぐに飛びつくのは、まったく紫堂らしいと言える。

「お雪さんに黒岩涙香を貸して、探偵小説好きを増やそうという魂胆だな」

お雪が面白い、と言っていたと伝えると、紫堂は嬉しそうに鼻の頭を掻いた。

「本当は『ボヘミアの醜聞』のほうを薦めたかったんだが、まだ翻訳が出ていないからなあ。俺はこれを読んで、はっと気がついた。『七人ミサキの呪い』の書き方を間違えていたってね。あれではだめだ。いや、あれもけっこう面白いのだが、『ボヘミアの醜聞』を読んでもっと面白くできると確信したんだ。あいつの小説より絶対に面白くなる」

紫堂は両手で握りこぶしを作り、天井を仰いだ。

あいつというのは、現在、人気作家として名高い尾崎紅葉《おざきこうよう》のことだ。年が近い上に同じ帝国大学の学生ということで、尋常ならざるライバル心を持っている。もっとも尾崎紅葉は一昨年に大学を退学している。在学中から読売新聞社に入社し小説を発表しているので、大学どころではなくなったということか。なんにせよ、紫堂の前で尾崎紅葉の名を口にするのは御法度だった。

「じゃあ書き直すのかい？」

「ああ、ちょっとした登場人物を加えることにした」

紫堂は浅見の顔をじろりと見て、ニヤニヤ笑った。

なぜか背中がぞわぞわする。紫堂の笑いの意味を知りたいような、知りたくないような気がした。

第二章　行徳の手児奈《てこな》

1

　日本橋小網町《こあみちよう》にある行徳河岸《ぎようとくがし》を出航した川蒸汽《かわじようき》は、箱崎川を通って大川を渡り小名木川《おなぎがわ》に入った。

　鏡のような川面《かわも》に青空が映っている。そこを蒸汽船が小気味よい蒸気エンジンの音を響かせ風を切って進む。その爽快さに、浅見は思わず目を細めた。舳先《へさき》に立ててある旗が、ぱたぱたと音を立てている。

　さっきまで甲板《デッキ》にいた乗客は、ほとんどが客室のほうへ入ったようである。多くの荷は床下に積み込まれていたが、甲板の後方にも大小の木箱や菰《こも》に包まれた荷が積まれている。

　これから向かう行徳町は東葛飾《ひがしかつしか》にある塩業の町だ。塩作りは戦国時代にはすでに始まっていて、徳川家康《とくがわいえやす》が行徳塩田を保護し、ますます盛んになった。幕府は塩田の保護とともに江戸と行徳を結ぶ街道や水路の整備を行った。小名木川は塩を運ぶため、寛永九年（1632年）に整備されたのである。

蒸汽船が就航する前は、和船の「行徳船《ぎょうとくぶね》」が行徳と日本橋の間を行き来していた。行徳塩だけでなく野菜、魚貝類、日用品の輸送も行なった。客船もかねていたので、松尾《まつお》芭《ば》蕉《しょう》も「行徳船」に乗ったことが『鹿島紀行』に書かれている。

蒸汽船になってから、この船の旅も格段に速くなったはずだ。「行徳船」の頃ののんびりとした旅を味わってみたかった、などと考えながら川風に吹かれていた。

船は新高橋を過ぎ、有名な五本松にさしかかった。形のいい枝が川にまで張りだしている。

――川上と　この川下や　月の友

ここは月見の名所だったらしい。芭蕉は行徳船に乗ってこの句を詠んだのだ。浅見は川の向こうに昇った満月を思い浮かべようとしたが、うまくいかなかった。なんといっても今は爽やかな夏の昼前なのだ。

日本橋から行徳まで約十三キロ。乗船料は九銭（約千八百円）である。旅というほどの距離でもないが、お雪とおスミは例によって見送りをすると言ってきかなかった。だが、旅行心得をくどくどと聞かされるのも難儀であるし、なにより、見送ってもらうことによってこの旅が、さも大事《おおごと》であるように認識されるのも嫌だった。

『あまり期待しないでくださいね』

浅見は何度もそう言ったのだ。なにせ海野紘葉の捜索を引き受けたことで、二人は、もうすっかり紘葉が見つかったような気持ちでいたからだ。

『坊っちゃまが捜してくだされば、すぐにでも見つかりますわ』

お雪はいつもの根拠のない賛辞を惜しみなくおくる。

おスミが懐紙になにかを包んで持ってきた。

『坊っちゃま、どうかよろしくお願いします』

包みを開いてみると、二円（約四万円）の金が入っていた。家事手伝いで花嫁修業中のおスミにとって、決して少ない金額ではない。聞けば小遣いを少しずつ貯めた金だという。

もちろん浅見は固辞した。

しかしそばでお雪が言ったのだった。

『坊っちゃまのお仕事なんですもの。お金は受け取っていただかなければいけませんわ』

二人の真剣な目を前にして、浅見は金を突き返すことなどできなかった。軽い気持ちで引き受けたわけではなかったが、いよいよ身が引き締まるのを覚えたのだった。

浅見は薄いブルーグレイの背広に白いパナマ帽を被っている。これはいつもの外出着だ。

今日、一つだけ違うのは山吹色《やまぶきいろ》の蝶ネクタイをしていることである。初めての仕事らしい仕事をやり遂げるという決意の表れだ。

左胸を背広の上からそっと押さえた。隠《ポケット》しにはおスミから受け取った金が入っている。

「どうした。胸なんか押さえて。船に酔ったのか？」

紫堂が浅見の横に立った。普段とまったく同じ格好だが、紫堂も旅行だということで青いソフト帽を被っていた。

出発してからというもの、ずっと物珍しそうに船の中を探索していた紫堂だが、その探索もようやく終わったようだ。

「いや、酔ったわけじゃない」

「そうか、それじゃ仕事に向かうにあたって、胸のときめきが抑えられない、ってとこか？」

浅見は肯定も否定もせずに、黙ってまっすぐな川筋を見ていた。

「なぜ黙っている。ははあ、わかったぞ。お雪さんとおスミさんの期待に応えられるか心配なんだろう。どうだ、図星だろう。おまえはどうしてそう、ちっちゃいことにうじうじするかな。もっとこう、でんと構えていたらどうなんだ。え？　探偵さんよ」

「失敬な。いつ僕がちっちゃいことにうじうじしていた。僕はおスミちゃんの期待に応えようと、決意を新たにしていたところだ」

「そうだったのか。ま、きみも探偵としての自覚が芽生えたってことだな。喜ばしいことだ」

紫堂はまるでからかうように言うので、いつになくムキになった。

「きみのお父上にお借りしたお金も返さなければならない。僕はこの仕事を機に真剣に探偵業に取り組むつもりだ。名をあげて一流の探偵になるつもりだよ」

紫堂は一瞬、言葉を失ったが、すぐに目を輝かした。

「そう来なくっちゃ。おまえが一流の探偵なら、俺は一流の小説家になる。いいな、約束だぞ」

がっちりと手を握り合った。紫堂は満面の笑みを返してよこした。

「ところで浅見、『ボヘミアの醜聞』は読んだか?」

「読んだ」

英語は紫堂ほど得意ではないので、時間はかかったが内容を理解することはできた。

紫堂が期待を込めた目でこちらを見ている。「面白かった」とか「きみもああいうのを書きたまえ」などと言ってやるべきかもしれない。

しかしぜんぜん別のことを言った。

「紫堂が今ここにいる理由がよくわかったよ」

「わかったか」

嬉しそうだ。

「美女と探偵と謎。これにもう一つ加われば最高の探偵小説ができあがると言っていたな。それは助手のワトソンということだな」

すると紫堂の顔がにわかに曇った。

「助手だと？　ワトソンは助手じゃない。親友のホームズを助けて事件を解決する才能溢れる紳士だ」

そういう見方ができなくもない。ホームズという探偵の欠点を補って事をスムーズに運び、あまつさえ事件の全容を小説にしている。

「それできみは今回はワトソンのように活躍しようというわけだ」

「ワトソンのようにというかワトソン以上に、ということだな。浅見は探偵としてはまだ経験が浅い。そこで俺の、この人並み外れた知性と推理力、胆力、冷静さなどが役に立つんだ。わはは……」

豪快に笑う紫堂に、とりあえず「大いに期待しているよ」と言っておいた。

だが浅見は、まだ紫堂の父に借りた金のことが気になっていた。高知に行った際に借りた金だ。謎解きを手伝えば金になると言われ高知に行ったが、結局その依頼人は亡くなってしまい金を受け取ることができなかったのだ。その金を返すためには、まさに性根を据えてかからねばならない。紫堂の助けを「大いに期待」したいところなのだが……。

小名木川を進んでいた船は中川に入ろうとしていた。

ふと視線を上げると遥か遠くに、筑波山《つくばさん》が見えた。二瘤駱駝《ふたこぶらくだ》のような稜線がくっきりと見える。

「見ろよ。筑波山だ。『雪は申《もう》さず　まづむらさきの　つくば哉《かな》』。芭蕉もこんな風にあの山を見たんだな」

浅見が言うと、すかさず紫堂が博識を披露した。

「芭蕉、いや門人の句だったな。雪を頂く姿は言うまでもなく、紫に霞《かすみ》たなびく姿も格別だってことだな。まさにこの景色だな」

「ああ」

芭蕉と同じ風景を自分が見ている。浅見は満足だった。

2

中川を渡った船は新川へと進み、江戸川を北上して行徳町に到着した。

大小の船が行き来している。どの船も人や荷物を一杯に載せている。常夜灯が船を乗り降りする客を見送り、出迎えていた。高い台座に載った石灯籠《いしどうろう》は夜ともなれば火が灯《とも》されるのだろう。

常夜灯のそばには人力車が何台も客待ちをしていた。成田参詣《なりたさんけい》なのか、菅笠《すげがさ》に白衣《はくえ》という出で立ちの集団もいる。大きな荷車を引いた馬と旅人や商人が忙《せわ》しなく行き交う。

行徳の町の賑わいに、浅見はしばし放心していた。

しかし紫堂は大きく一歩を踏み出すと、こちらを振り返って言った。

「昼には少し早いが、例のうどん屋で腹ごしらえをしよう」

「例の、というと？」

「笹屋《ささや》のうどんだよ。知らないのか？　十返舎一九《じっぺんしゃいっく》も食べたんだぞ」

「ええっ、あの『東海道中膝栗毛』の？」

「そうだよ。それだけじゃない。源頼朝《みなもとのよりとも》はそこのうどんを食べて感激して、源氏の家紋である笹竜胆《ささりんどう》を使うことを許したんだ。そしてこれからは笹屋と名乗ることにせよ、と言ったそうだ」

「へええ、由緒あるうどん屋なんだな」

笹屋は想像通り大きな構えのうどん屋だった。時分時《じぶんどき》でもないのに、店の中は人で一杯だった。うどんは一杯三銭（約六百円）。有名店にしては高くはない。

二人は入り口近くの卓子《テーブル》に落ち着き注文をした。

湯気の上がったうどんが出てくると、早速箸を持つ。刻んだ揚げとネギが載っている。

ひとくち啜《すす》って紫堂を見る。紫堂もこちらを見ていた。

「美味いな」無表情で言う。

「うん」

うなずいた浅見は心の中で言う。

『不味くはない。たしかに美味い。だが……』

頼朝や十返舎一九のせいで期待が大きすぎたようだ。紫堂も同様なのか、浮かない顔をしている。

「さて、いよいよ海野商会へ行くとするか」

うどん屋を出た紫堂は気合いを入れるように腕を振った。

海野紘葉の実家、海野商会はうどん屋の裏手、常夜灯からもすぐのところにある。

こちらも大きな構えの店で、荷車が横付けにされ使用人たちが忙しそうに働いていた。

おスミは紘葉の母親宛に手紙を書いてくれている。紘葉の捜索を探偵に頼んだので、協力して欲しいという内容のはずだ。

だが、この大きな店の前に立つと、紘葉の親にどんな対応をされるのか心配になる。娘がいなくなって、早々に捜索を打ち切ってしまった親だ。娘の友だちが依頼した探偵の登場をどう思うだろう。

浅見は押しつぶされそうな気持ちで突っ立っていた。すると紫堂が、「ごめん」とまるで時代劇のような調子で声を張り上げる。店の中が一瞬、静かになったがすぐに番頭と思われる男が、「なにか」と答えてくれた。

「こちらのご主人にお会いしたい」

紫堂は相変わらず芝居がかった調子で胸を反らしている。

「はあ、どちら様で」

「東京から来た探偵だとお伝えくだされ。浅見と内田と申す」

その言い方に浅見は吹き出しそうになるのをこらえた。自分でも可笑《おか》しいと思ったのか、紫堂も赤面して居心地悪そうにしている。

「ちょっと緊張してしまった」

紫堂は浅見に小声でささやいた。

客間に通されると、ほどなくして海野夫妻が現れた。海野又左衛門《またざえもん》は精悍《せいかん》な顔立ちの大柄な男だった。肌の艶がよくテラテラと光っている。妻の志津《しづ》は対照的に痩せぎすで顔色が悪く生気がない。それでも、「よく来てくれました」などとねぎらってくれた。

「わしもよく東京へ行きますが、行くたびに様子が変わっていて、まったく発展めざましいですな。東京のどちらへお住まいで？」

銀座だと答えると、「よいところへ住んでおられますな」と銀座に行った時の思い出話などをする。

その間も志津は微笑みを浮かべて、男たちの話を聞いていた。話が途切れると志津は、

「お着きになるのが昼時ですから、お食事を用意しておきました」

と女中を呼んで膳を運ぶように指示した。

「いやあ、それはありがたい。ちょうど腹が空いたなと思っていたんです」

内心驚いて紫堂を横目で見る。紫堂は大変な大食いで、自分の下宿で朝食をとってきても、お雪のところで勧められればまた食べる、などということはしょっちゅうだった。

すぐに膳が運ばれてきた。天ぷらに鰻、貝のぬたなどの小鉢もたくさん並んでいる。

さあさあ召し上がれ、と志津が愛想良くすすめる。海野夫婦の前にも同じ品数の膳が運

ばれる。いつもこんな豪華な食事をとっているとは思わないが、この家の暮らし向きが察せられる。

紫堂はさっそく箸をつけ、「美味いですなあ」と世辞を言う。

本題に入るのは食事が終わってからか、と納得して食べ始めたが、たった今うどんを食べたばかりなので、いくらご馳走でもそう腹に入るはずもない。

「お口に合いませんか？」

浅見の箸が進まないのを見て、志津が気遣わしげに問う。

「いえ、そんなことは……。船酔いしたのかもしれません」

それを聞いて又左衛門と志津は眉を曇らせた。頼りない男だと思ったのかもしれない。

「探偵というのはですね」と紫堂が天ぷらをつまんだ箸を振り上げて言う。

「普通の人が見落としてしまうような細かいことにも気がつかなければなりません。そこから独自の推理力を働かせるのです。ですから自然と神経が細やかになるんですな。娘さんのことを、浅見はずっと考えていましてね、ある程度の推理も進んでいて、今はそのことで頭が一杯なんですよ。浅見は名探偵ですから飯なんか二の次なんです」

よどみなくまくし立てる紫堂に、夫婦は感心してうなずいた。心なしか浅見を見るまなざしが敬意を含んでいるように見える。

紫堂にも手伝ってもらいながら、出された食事をなんとか平らげた。腹が苦しいが顔には出さず、「ご馳走さまでした」と頭を下げた。紫堂は涼しい顔で、名物のこんにゃくの話などをしている。

浅見は食べ物の話はもう結構とばかりに話題を変えた。

「お嬢さんからは、なんの連絡も来ていないのですか？」

志津はさっと顔を曇らせて、「そうなんですよ」と吐息混じりに言った。

「なんにも言わずにいなくなってしまいましてね。もう、どんなに心配したか。夜も眠れませんでしたよ。でも、神隠しだろうと言われて、それなら仕方ないかと、ようやく近頃は……」

「お嬢さんがなぜいなくなったのか、思い当たることはないのですか？」

「ないですなあ」

又左衛門も悲しげな顔だ。

「ご存じかもしれませんが、わしとは血のつながりはありません。ですが、実の娘と思って可愛がっていました。紘葉が喜ぶならと、どんな贅沢もさせました。紘葉がこの家に、なにか不満を持っているなどということはないはずです。わしたちも、ほとほと困っているんですよ」

「いなくなった日のことを教えてもらえませんか？」

「ええ、いいですとも。でも、聞いてもしょうがないと思いますよ。特に変わったことはなかったんですから」

又左衛門はそう前置きをして話し始めた。

その日、絃葉は踊りの稽古があって、師匠のところに行っていた。いつも帰って来る時間になっても帰って来ないので、人をやって師匠のところに迎えにやらせたが、とっくに帰ったと言う。絃葉が行きそうなところをほうぼう捜したが、ついに見つからなかったという。

「ほうぼうというのは、どういう所をですか？　詳しく教えてもらえませんか？」

「ほうぼうはほうぼうです」

「ええっと。ですから具体的にどんな……」

「絃葉にはあまり友だちはいませんでした」

志津が浅見を遮って、ぼそぼそと話し始めた。

「友だちと言えばおスミちゃんくらいだったと思います。絃葉は、踊りの稽古に行く以外にどこかに出掛けることもなくて、いつも家の中で本を読んだり縫い物をしたりするような大人しい子なんです」

そこで言葉を切って、志津はお茶で喉を潤して続けた。

「絃葉がいなくなって三日くらいのことでした。ひょっとするとおスミちゃんのところへ行ったのかしら、と思いましてね。きっとそうだ。東京に捜しに行こうって仕度をしていましたら、ちょうどそこへおスミちゃんから手紙が届いたんです。ああ、これはありがたい。やっぱりそこへ行っていたんだ。それでおスミちゃんが知らせてくれたんだって。でも早とちりでしたよ。なんたって宛名は絃葉でしたし、手紙には、『元気ですか』って書いてあったんで、おスミちゃんのところへは行ってないんだってわかりました。考えてみれば、絃葉がだれにも言わずに、一人で東京になんか行くはずがないんです」

「おスミちゃんは、絃葉さんからの手紙をずっと待っていたんですよ。なぜ、すぐに知らせてやらなかったんですか」

責めるような調子にならないように、浅見は気をつけて訊いた。

「そりゃあ、あなた。今日は帰ってくるか、明日は帰ってくるかって思っていましたから。でも、あんまりしょっちゅう手紙が来るし、返事がなくて心配だ心配だって書いてあるでしょう。こっちのほうでも、いよいよ神隠しだっていうことに収まって、それでおスミちゃんに手紙を書いたんですよ」

志津は、まるでおスミの手紙が迷惑だったと言わんばかりだった。

浅見の脳裏におスミの顔が浮かんだ。紘葉を心配して涙をこぼしていた。あんなに心を痛めていたおスミが気の毒だった。

「わしらも諦めるしかないか、と思っております。神隠しじゃしょうがない」

又左衛門は唇を引き結んで目を伏せた。

志津は、「神隠しなんですよ。そんなもん見つけられますか？」と投げやりに言って、手巾《ハンカチ》を取り出し目頭を押さえた。

「志津、そう言うな。こうやって探偵さんが東京から来てくれたんだ。まあ、頼むだけ頼んでみようじゃないか」

又左衛門は優しげに志津に言い、浅見に向き直った。

「浅見さんはおスミちゃんの知り合いだそうですね。手紙にはそう書いてありました。依頼料はあまりたくさん払えないが、浅見さんはそんなことに関係なく一生懸命にやってくれるはずだから、協力してほしいと書いてました」

そんなことまで手紙に書いたのか、と浅見は驚くと同時に、正直で生真面目なおスミらしいと思った。

又左衛門は続ける。

「ただの友だちのおスミちゃんが、そこまで紘葉のことを思ってくれているとは、まったく心を動かされました。事ここに至って、親が黙っていては面目が立ちませんからな。わしのほうからも依頼料は出しますので、どうか費用の面は気にせずに、存分に働いてください」

又左衛門が深々と頭を下げると、志津も渋々頭を下げた。

又左衛門は封筒を取り出し、浅見の前に置いた。

「足りなければ言ってください。娘のためですから」

「ありがとうございます」

浅見は封筒を受け取り、背広の内側の隠し《ポケット》に入れたが、わずかに手が震えた。

僕にできるのか。

探偵だ、などとこの僕が名乗っていいのだろうか。

弱気になってしまいそうな自分を奮い立たせ、浅見は息を整えて、「紘葉さんの写真はありますか？」と訊いた。

「ありますよ。今年の正月に店の前で撮ったものです。お志津、持ってきなさい」

「はい」と志津は返事をして客間を出て行った。

「大勢で撮った写真なものですから小さいんですがね」

又左衛門は言い訳をするように言う。

「紘葉の写真は十八になったら撮ってやろうと思っていたんですよ。新しい着物を買って、見合い用ということになりますかな。紘葉は器量よしでしてね、嫁にもらいたいという話は掃いて捨てるほどあるんです」

「そういうお話がたくさんあるのに、見合いをするんですか？」

紫堂が身を乗り出した。

「そりゃあそうですよ。結婚は家と家のものです。惚れた腫れたでするもんじゃない。海野家と釣り合いの取れる家でなくちゃ」

「しかしお嬢さんに好いた人がいたらどうするんですか？」

紫堂はここぞとばかりに聞き返す。

「そんな相手はおりませんよ。紘葉はまったくもって純真無垢な娘ですからな」

又左衛門が少しむっとしたので、座がしらけた。

そこへ志津が戻ってきた。一枚の写真を手にしている。

「こんな小さく写った写真しかないんですよ。紘葉一人の写真は来春に撮ってやるつもりだったものですから」

志津も又左衛門と同じことを言う。

「これが紘葉です」と指し示したが、教えられなくてもどれが紘葉かはすぐにわかった。

小屋根には『海野商会』と書かれた大きな看板が載っている。その下で従業員が笑顔で並んでいる。店の名前を染め抜いた法被《はっぴ》に地下足袋姿の男たち。鳥打帽《ハンチング》を被った男が数人。女衆は縞の着物に前掛け、髪はそろってひさし髪だ。

従業員たちの中央で、又左衛門は胸を反らして立っている。隣でやや背を丸めているのは志津だ。紘葉はその隣にいた。志津よりも若干背が高い。すらりとした立ち姿、伸ばした手を品よく前で重ねている。そしてなによりも小作りで色白の顔が、まるで光を放つようだった。写真が小さいために目鼻立ちは判然としないが、それでも際だって美しいことがわかる。

町の人に写真を見せて捜索するつもりだったが、この写真では役に立ちそうもないし、又左衛門が言うには、行徳の海野紘葉といえば大概の人は知っているという。

浅見は丁重に写真を返した。

「まずはお店のかたに、お話を伺いたいのですが」

それを聞いて志津と又左衛門はあからさまに嫌な顔をした。

しかし又左衛門は、「かまいませんが、店の者に一体なにを訊くというのですか?」とすぐに笑顔を取り繕った。

「紘葉さんの普段の様子などです」と浅見が答えると、「どこに手掛かりが隠れているかわかりませんからね」と紫堂がすかさず口を挟んだ。

「ああ、なるほど。おっしゃるとおりですな。ではご案内しましょう」

又左衛門は先に立って、よく磨かれた廊下を進んだ。中庭を過ぎ、「番頭さん」と又左衛門は廊下の向こうを横切ったさっきの番頭に、声を掛けた。

「はい。なんでございましょう」

番頭は足音も立てず、すべるように駆けてきて腰をかがめた。

「こちらの探偵さんに、紘葉のことで知っていることはなんでも話しなさい。いいね」

「はい、それはもう。ですが、私の知っていることは警察やら町の青年団やらに、もう全部話しましたが」

「うん。わかっている。だがもう一度話してやってくれ。せっかく東京から来たんだからな」

番頭は、「はあ」と気の抜けた返事をした。番頭に任せたことで安心したのか、又左衛門は鷹揚《おうよう》にうなずいて向こうへ行ってしまった。

番頭は又左衛門の後ろ姿を、心細そうに見送ったあと、浅見たちを見て小さくため息をついた。

「それで、なにをお話ししたらよろしいんで？」

「紘葉さんはどんなお嬢さんでしたか？」

又左衛門は、紘葉は純真無垢な娘であると言っていたが、親には見せない別の面があるに違いないと考えている。

「どんなって……そうですねえ。素直ないいお嬢さんですよ。踊りの稽古を一生懸命にやってました」

「いなくなった頃に、なにか変わったことはありませんでしたか？」

「特に思い当たるようなことは、ありませんでした」

「紘葉さんがなにか思い詰めているとか、そんなことはなかったですか？」

「さあ、私たちにはわからないですよ。お嬢さんは店のほうに顔を出すことも、ほとんどありませんからね」

なるほど、これくらいの大きな店になると、主人の娘が従業員とかかわることはないのか。

浅見が考え込んでいると、紫堂がずいと前に進み出た。

「親に内緒で、こっそりだれかと会っている、なんて場面を見たことはないですか？」

紫堂はあくまでも紘葉の駆け落ち説を唱えたいらしい。

「だれか、ですか？」

「紘葉さんと付き合いのある男性とかですよ」

「そんな人はいないでしょう。聞いたことはありません」

不快そうに顔を歪《ゆが》めた番頭は、浅見たちの質問から逃れたくて仕方ないかのようにそわそわし始めた。

番頭の言うことももっともで、従業員は紘葉の表面的なことしか知らないのかもしれない。それでも、女中にも話を訊きたいと食い下がった。紘葉の身の回りの世話をする女性なら、なにか意外な事実を知っているかもしれない。

番頭は女中頭のところへ連れて行ってくれた。しかし彼女の話も番頭と大同小異で、目新しい話は聞けなかった。

海野商会での聞き取りは、ひとまずこのくらいにして、踊りの師匠に会うことにした。番頭にそう告げると、「ちょっとお待ちを」と言って居間があるほうへ、例のすべるような足さばきで走って行った。どうやら又左衛門にお伺いをたてに行ったようだ。

しばらくして戻ってきた。手に小さな紙切れを持っている。

「こちらがお師匠さんの住所です」と紙を差し出した。

八幡町《やわたまち》の住所と師匠の名前が書いてある。

浅見たちが礼を言って店を出ようとすると、絹物を来た若い男が、居間のあるほうから歩いてきた。

「あなたがたが探偵さんですか。紘葉の行方を捜してくれているという」

「あっ、これは若旦那。申し訳ございません」

なぜか番頭が頭を下げて謝っている。

「まったくだよ。どうして俺に教えてくれないのかな。俺だって親父《おやじ》以上に紘葉のことは心配しているんだ」

教えなかったのは父親であり、番頭に文句を言うのは違う気がする。奉公人というのは大変なものだと気の毒になった。

番頭は、「こちらが若旦那の清蔵《せいぞう》さんです」と紹介してくれる。浅見たちはそれぞれに自分の名を名乗った。

「それで、なにか手掛かりはありましたか？」

清蔵は又左衛門によく似た男らしい顔立ちをしている。健康そうに日に焼けており、鼻《び》梁《りょう》が秀でていた。肩幅も広く堂々たる体格だった。

「いえ……今のところは……」

浅見が申し訳なさそうに言いかけると、紫堂が割って入った。

「今日の昼にこちらに着いたばかりですから、これからですよ。若旦那にもぜひ、ご協力をお願いします」

紫堂が胸を反らすと、清蔵も負けじとばかりに肩をそびやかした。まるで二頭の野生動物が互いの力を誇示しているようだ。

「もちろんですよ。で、なにを協力したらいいんですか？」

紘葉に変わった様子はなかったか、行き先に心当たりはないか、などと又左衛門や奉公人に訊いたことを繰り返した。

清蔵の返事も、やはり皆と同じようなことだった。

訊ね方がよくないのだろうか、と浅見は自問した。相手の心を開かせ、こちらの欲しい情報を引き出す技術が未熟なのかもしれない。

「あなたも神隠しだとお思いですか？」

「神隠し？」

清蔵は笑った。だがすぐに真顔になった。

「神隠しだと言い出したのは親父です。俺は基本的に親父とは反対の立場をとることにしているんで、神隠しなんかじゃないと言っておきますよ」

吐き捨てるように言って向こうへ行きかけたが、戻ってきて言葉を続けた。

「都合が悪くなると神隠しだのなんだのと、黴《かび》の生えたことを言う老耄《ろうもう》には困ったものだよ。文明国になったというのに、まったく呆れてものが言えない。近代的な人間がなにをどんなふうに考えるか、そこを理解しなければ、結局のところはなにもわからないということなんだ。だいたい親父という男は、女の気持ちがまったくわからないんだ」

清蔵はなぜか腹を立てていた。父親とよほど反りが合わないらしい。

「では、絃葉さんがいなくなった理由はなんだとお考えですか?」

「わかりませんよ、そんなこと。それを調べるためにあなた方が来たんでしょう? ま、頑張ってください。きっと絃葉を見つけてくださいよ」

清蔵は手を振って廊下の向こうに消えていった。

3

海野商会を出て、行徳街道を八幡町に向かって歩き始めた。

少し行ったところで紫堂が口を開いた。

「あの封筒、いくら入ってた?」

「ああ、あれか」

懐に入れたきり忘れていた。浅見は又左衛門から受け取った封筒を取り出し、中を確認した。

「五円（約十万円）も入っている」

紫堂が、「おお」と目を見開いた。

「ああ、これでおスミちゃんにはお金を返すことができるよ」

「やったな」

「そうだよな。親が金を出すのはあたりまえだ」

二人は足取りも軽く再び歩き始めた。

しかし浅見はふいに立ち止まった。

「町の人にも、紘葉さんのことを訊いてみようじゃないか。僕はなんとなく、海野商会の人たちは思っていることを言っていない気がするんだ」

「それは俺も感じたよ。余計なことを言わないように、気をつけているみたいな。特に、あの清蔵という若旦那は、訳のわからないことを言っていたな。まるでこっちを煙に巻こうとしているみたいだ」

浅見と紫堂はうなずき合った。

さっきのうどん屋の向こうには街道沿いに菓子屋、時計屋、待合《まちあい》、料理屋、風呂屋と並んでいる。

うどん屋は相変わらず混み合っているので菓子屋に入る。店番をしているのは噂話が好きそうな老年の女性だった。少なくなった真っ白な髪を綺麗に結い上げ、唐桟《とうざん》の着物に紺の前掛けをしている。

浅見は紘葉のことを訊いた。自分たちは又左衛門に頼まれ紘葉の行方を捜していると付け加えた。

「ああ、紘葉ちゃんね。いい娘《こ》ですよ。優しくて挨拶もきちんとしていて。それなのに神隠しだなんてねえ。可哀想だねえ」

「神隠しというのはよくあるんですか？」

老女は神隠しを疑ってもいないようだった。

「あるんですよ。近頃は少なくなりましたけどね。私が子供の頃は、乳飲み子から十七、八の娘までよく神隠しにあいましたよ。ほとんどは帰って来ないけど、ひょっこり帰ってくる子供もいたんです。だから紘葉ちゃんも帰って来ないだろうか、って思ってるんですけど」

「神隠しって、えーっと。神様が……隠す？」

紫堂がおずおずと訊く。

「いいえ」と老女は半分笑って小馬鹿にしたように、「天狗ですよ」と言う。そんなことも知らないのか、という調子だ。

「天狗……」

「昔は鉦《かね》や太鼓《たいこ》をたたいて捜したものですよ。でも今は世の中も新しくなって、そういうことはやらないんでしょうね」

「海野さんの家ではやらなかったんですか？」

「ええ、やりませんでしたよ」

老女は、「可哀想に」と口の中でつぶやいた。鉦と太鼓で捜せば、紘葉は帰って来たかもしれないのに、という意味だろうか。

「海野さんのご家族について教えてもらえませんか？　どういう方たちですか？」

「そうですねえ……」

老女は少し考えてから、又左衛門は商売熱心で善良な人間であり、血の繋《つな》がらない紘葉を可愛がっていたし、志津のことはよく知らないが、悪い噂などは聞かないと言う。

「若旦那の清蔵さんはどうですか？」

「いい人ですよ。店の人たちにも好かれているみたいだし、海野さんはいい跡継ぎがいて幸せだ、ってみんなが言ってますよ」

「そういう家族の中で、紘葉さんは幸せそうに見えましたか？」

「そりゃあ幸せでしょうよ。母親が海野さんと結婚したおかげで、なに不自由なく暮らせるんですから。それにあの器量でしょ。紘葉ちゃんならどこで暮らしたって幸せでしょうけどね。あの子は『行徳の手児奈』って呼ばれていたんですよ」

「行徳の……なんですか？」

「手児奈ですよ。ずっと昔、八幡町に『真間《まま》の手児奈』っていう美人がいたんですよ。それで紘葉ちゃんは、『行徳の手児奈』って」

店から出ると紫堂は首をかしげた。

「海野さんが本当に神隠しだと思っているなら、時代に関係なく鉦や太鼓で捜すんじゃないのか？」

「そうだよな。僕もそう思ったよ。おスミちゃんの言うように、たったのひと月で諦めてしまうのも薄情だ」

隣の時計屋に入り、同じように話を訊いた。時計屋の親父は小太りで無愛想な男だった。それでも海野家の人々は感じのいい人であり、紘葉が家出をしたくなるようなことはないだろうと話してくれた。

時計屋の隣は待合だ。待合は政府の要人が密談に使うような高級茶屋もあれば、ここのように安待合と呼ばれる連れ込み宿のようなところもある。こういうところの女中はいろいろな噂話も知っているだろうが、逆に口は堅いと思われる。それで、一軒おいて隣の料理屋で訊くことにした。看板には『御料理　中村屋《なかむらや》』とある。

紫堂はその看板を見て、ちょっと嫌な顔をした。

「さっき出してくれた料理な、ここの店からとったみたいだぞ。『やっぱり中村屋の天ぷらはうまいな』なんて又左衛門さんが言ってるのが聞こえたからな」

「とすると、海野さんはここのお得意か」

「うん、悪く言うはずがない。時間の無駄だな」

「そうかもしれないな。だけど、あとここだけ訊いて、それから八幡町に行くことにしよう」

浅見は先に立って店に入った。卓子《テーブル》が八つも並んでいる大きな店だ。客はおらず店主らしき人が、隅の卓子で煙草を吸っていた。

ここの店主にも同じことを訊いた。予想したように、海野家については良い評判しか聞かない、というようなことを言う。お得意だからというわけではないような口ぶりだった。海野家の人たちは本当に皆、善人なのかもしれない。なにかを隠しているように感じたのは、気のせいだったのか。

やはり、というか当然というか期待したような話はなにも聞けず、礼を言って店を出ようとした。

するとと中村屋の主人が、うしろから大きな声を出した。

「よう、久しぶり。しばらく顔を見なかったじゃねえか」

どうやら通りを歩いている男に言っているようだ。声を掛けられた男は、小柄な商人風の年配の男で、黒っぽい縞木綿の着物の裾をからげ、風呂敷包みを背中に括《くく》り付けている。

「ああ、娘のとこに行ってたもんで。あんまり長く休んで、クビにでもなったらいかんからな。これでもちょっと早く帰ってきたんだ」

「そうかい。また、これをやりに来なよ。待ってるよ」

店主は指を二本差し出して、碁か将棋をやるような格好をした。

男は、「へえ」と頭を下げて通り過ぎて行った。

「源三《げんぞう》さんもすっかり老け込んじゃったねえ。絃葉ちゃんを孫みたいに可愛がってたから」

「と言いますと？」

浅見は驚いて振り返った。

「あの人は海野商会の下働きですよ。踊りの稽古だ八幡様のお祭りだっていっては絃葉ちゃんのお供をしていました」

「そういう人がいるって、あの家の人はだれも教えてくれなかったな。なんなんだよ、あの家は」

紫堂は小声で文句を言うと、駆け出していった。

源三に追いついた紫堂は、なにやら一生懸命に身振りを加えて説明している。最初は訳がわからないといった様子の源三も、ようやく理解が追いついたのか、口を開けて紫堂を見上げていた顔が驚きの表情に変わっていった。

紫堂は源三と一緒に浅見のもとへ戻って来た。

「こちらが浅見元彦くんだ。絃葉さんを見つけたいのなら、なんでも包み隠さず話をするんですよ」

源三は浅見の顔を見上げたあと、「ははー」と大仰に腰を曲げた。

「源三さんと絃葉さんはあの日、一緒に八幡町に行ったのだそうだ」

紫堂は憤然として言う。こんな大切なことをなぜ自分たちに教えないのか、浅見も嫌な気分になった。

「いつもお嬢さんのお供をするんですよ。わかりきったことだから、言うのを忘れたんじゃないでしょうか」

源三は顔色を窺《うかが》うように浅見と紫堂を交互に見た。

「それで絃葉さんとはどこで別れたのですか？」

「踊りの師匠のとこです。稽古が終わって、『今日は疲れたので、俥《くるま》で帰ります』とおっしゃるんで、人力車にお乗せしました。わしは将棋が途中だったんで、ちょっとやって歩いて帰ったんです。でも、お嬢さんが帰ってなくて……」

「紘葉さんが人力車で一人で帰ることは、よくあることなんですか？」

「へえ、時々」

「その時の人力車の車夫は、だれかわかっているんですか？」

「あの日は顔なじみの車夫でした」

このことは警察にも話してあり、車夫はいくらも行かないうちに八幡様の前で降ろした、と言っていたという。

「なぜ八幡様の前で？」

と訊いてすぐに、おスミが言っていたことを思い出した。

「紘葉さんは信心深かったそうですね」

浅見が訊くと源三は、「え？」と腑《ふ》に落ちないような顔をして、話の続きに戻った。

「そのあとお嬢さんの姿を、不知森《しらずもり》のそばで見たという人がいまして。場所が場所だけに、神隠しだってことになりました」

「場所が場所ってどういうことですか？」と浅見。

「不知森って？」

紫堂も不思議そうに訊く。

「え、ご存じないんですか？　八幡《やわた》の藪知《やぶし》らずですよ」

八幡の藪知らずという言葉は知っている。出口のわからないこと、迷うことのたとえだ。だがなぜ、「八幡」なのかは深く考えたことがなかった。それと十年ほど前に、人気興行で「八幡の藪知らず」という迷路があったらしい。浅見が知っているのはその程度だ。

紫堂も首をかしげている。

「そこの森を不知森っていうんですよ」

二人が知らないことが驚きだというように、源三はあきれ顔だった。

八幡町へは歩いても一時間ほどの距離だというので、源三が案内をしてくれることになった。もともと八幡町で紘葉の足取りを追う予定だったので、ありがたい申し出だった。

三人は並んで行徳街道を歩き始めた。源三は年の割には健脚で、浅見は息が切れるというほどではないが、ついて行くのに多少の努力が必要だった。

「源三さん、少しゆっくり歩いてもらえませんか。お訊きしたいこともあるのです」

「ああ、そうですか。若い人だから歩くのも速いのかと思って」

源三は皺の寄った顔をほころばせ歩調をゆるめた。

「それで訊きたいことというのは？」

と源三が言う言葉に被せて、紫堂は「ここだ。ここがその八幡神社だ」と通りの右手を指さした。

「おスミちゃんが言っていたよな。紘葉さんは信心深くて、しょっちゅう八幡様にお参りに行くんだって。で、なんだっけ？　白蛇様がいるとかなんとか」

「お嬢さんが信心深いって、わしは思ったことないですけどね。そうなんでしょうか」

源三は不思議そうな顔だ。

「え、そうなのか？」

「それに白蛇様って……ああ、それは八幡町の八幡様だよ。葛飾八幡宮だ。あそこは有名だよ。そこには千本イチョウがあって白蛇様が棲むという言い伝えです」

朱色の鳥居の向こうには大きなイチョウの木がある。その奥にはこぢんまりとしたお社《やしろ》が見える。ここのイチョウが言い伝えのイチョウだと言われても納得してしまいそうなほど立派な木だった。

「しかし言い伝えなんですか？　白蛇が棲むという。変だな、たしか手紙にはしょっちゅう白蛇様に会っている、というようなことが書いてあったはずだが」

「千本イチョウの白蛇は、八月十五日の祭礼の日に姿を現すって聞きましたよ。それを見た人には富と幸せがやってくるんだそうで」

　手紙の内容とは少し違う。浅見と紫堂は首をかしげた。

　行徳の集落を出て江戸川沿いに歩くと見渡す限りの原野となった。それでも人の往来が途切れることはなく、街道を往き来する人馬とすれ違う。

「紘葉さんですけれども、なにか悩みがあるとか困っているとか、そんな様子はなかったですか？」

「さあ、わしにはわからんねえ」

　源三はにわかに暗い表情になり、口ごもった。そのあと浅見が、海野家の人々について質問しても、「わしにはわからねえ」と言うばかりだった。

「行徳の手児奈って呼ばれているそうですね、紘葉さんは」

　紫堂が水を向けると、源三は、「お嬢さんは綺麗だから」と嬉しそうだ。

「そんなに綺麗なら、男がたくさん言い寄ってきたんじゃないですか？」

「お嬢さんは男になんぞ目もくれませんよ。なんたって踊りの稽古に一生懸命ですから。いずれ踊りの師匠になるんだって言ってました。それで稽古を一時間も延ばしてもらったんですよ」

「そうすると言い交わした男はいないというわけですか」

「あたりまえだ。そんなふしだらな人じゃねえ」

源三は憤慨して紫堂に食ってかかった。

紫堂は、「わかった、わかった」と両手で押しとどめる仕草をする。浅見のほうを見て、助けを求めるような顔をした。

「紘葉さんが承知しなくても、しつこく言い寄る男がいたのではないですか？」

別に紫堂を助けるつもりではないが、浅見が言うと源三はやはり、「わしにはわからねえ」と首を横に振った。

原野が次第に畑になり、家並みが見えてきてその向こうに梨畑が広がっているのが見えた。

千葉街道へぶつかったところで源三が右手を指して言う。

「この道をこっちへ行くと蕎麦《そば》屋がありましてね。喜楽庵《きらくあん》っていう蕎麦屋なんですが、いつもそこでお嬢さんと蕎麦を食べて、それから師匠のところへ行くんですよ」

踊りの師匠の家は来た道を、まっすぐに進んだところにある衣川《ころもがわ》の川沿いにあると言う。花柳流《はなやぎりゅう》の女師匠で花柳駒乃《こまの》というらしい。三十代でまだ独り身だという。

「どこもかしこも梨の木だらけだな」

紫堂が道の両側に植えられている梨を見て言った。

源三が、ちらりと紫堂を不快そうな顔で見た。

「『八幡梨《やわたなし》』と言ってな、江戸時代から作られている。このあたりは畑に向かない砂地で、貧しい暮らしをしていた。だけど川上善六《かわかみぜんろく》という人が、ここの土地に梨の栽培が向いていることを知って、はるばる美濃《みの》から苗木を持って来て梨の栽培を広めたんだ。それでここらの人の暮らしも、ちょっとは良くなったんだ」

「ああ、そうですか」と紫堂は肩をすぼめた。

少し行くと源三は、「ここからも八幡様に行けるんだよ」と右手の細い道を指した。

「ちょっと見ていきたいのですが、いいでしょうか？」

三人は八幡宮へと続く道に入った。細い曲がりくねった道をほんの五十メートルも行けば、八幡宮の横手に出るのだった。

広々とした境内に立ち、目に付くのは、拝殿の奥にある巨大なイチョウの木だ。木の高さは二十メートル以上はありそうだ。

浅見はイチョウを見上げた。しかし逆にイチョウに見下ろされているような感覚に陥る。なんとも不思議で神聖な気持ちになるのだった。

注連縄《しめなわ》をまわした太い幹は何本もの木を寄せ集めたように見える。大人が両手を広げて抱えるには、五人は必要になりそうだ。木には洞《うろ》があって、そこに白い蛇が棲んでいるらしい。

「で、源三さんは見たことがあるのかい？」紫堂は訊く。

「いや、ないよ。見たって人の話も聞いたことがない。昔々の言い伝えだろうから」

「紘葉さんが白蛇にしょっちゅう会っていたなんて、どういうことなんでしょう」

浅見の問いに答える者はいなかった。

4

衣川は細く貧弱な流れの川だが、両側に植えられた柳が風情を醸し出していた。師匠の家は川沿いに少し行ったところにあった。

こぢんまりとした瓦葺きの屋根で、いかにも踊りの師匠の家といった感じだ。

源三は玄関の前まで案内すると、表通りにある下駄屋で待っているという。その口ぶりから、源三は女師匠が苦手のようだった。

浅見と紫堂が玄関に入る。ちょうど女中が板の間の拭き掃除をしているところだった。来意を告げると女中はすぐに奥に引っ込んだ。

ほどなく花柳駒乃がやって来た。突然訪れた二人の男に、少し警戒する素振りを見せる。決して美人ではないが、つり上がった目と尖《とが》った鼻は意志が強そうで、ある種の美しさがある。

例によって紫堂が人好きのする笑顔と喋りで、自分たちは頼まれて海野紘葉の行方を捜しに来た者だと説明した。紘葉の両親も大変心配して、一刻もはやく紘葉を見つけたいと言っている。ついては知っていることは、なんでも話して協力してもらいたい、と弁舌爽やかに語った。

駒乃は感《かん》に堪《た》えないという面持ちで胸の前で手を握りしめた。

「私も心配していたんです。でも神隠しだということになったみたいで、今は警察も捜していないでしょう。ああ、それでご両親はあなた方に依頼したのですね。さあ、どうぞお上がりになって。私にできることでしたらなんでもしますわ」

居間に通されるとすぐに女中がお茶を持って来た。駒乃は長火鉢の向こうに座り、「それで、なにをお話ししたらいいのでしょう」とさっそく訊いた。

「ではまず、紘葉さんがどんな人だったかというのを教えていただけませんか?」

これまでに何人もの人に訊いたが、どうも要領を得なかった。いまだに紘葉という少女の人物像が摑めないでいた。

「そうですねえ」

駒乃は顎に手を当て、斜め上に目を遣る。そういう仕草をすると、強い女に見えた駒乃にも女らしい色気が垣間見えた。紘葉が踊りの師匠になりたいと思ったのは、駒乃に憧れてのことなのかと推量する。

「綺麗な娘さんですから人形のように思う人もいますけど、なかなかどうして芯の強い人ですよ。頭もいいですし。それに心根も優しいです。欠点がないくらいですけれど、強いて言えば思っていることを、あまり口に出さないことでしょうか」

「そんなふうに感じることがありましたか？」

「ええ。なにかこう、悩みがあるような気がしましてね、言ってごらんなさい、と水を向けたのですけど……」

紘葉は、「悩みなんてありません」と明るい笑顔で言ったが、その笑顔がとても不自然に感じたという。

「悩み事がある、と感じたのですね」

駒乃は大きくうなずいた。

「とても大きな悩み事が」

「紘葉さんがいなくなったことと関係はあるでしょうか」

「それはわかりません」

「たとえば、男がらみの悩みとかではないでしょうかね」

紫堂が訊く。

「ないとは言えないですよね。紘葉ちゃんのことを気に掛けている男の人は、たくさんいたはずですから」

大きくうなずいた紫堂は、「やっぱりな」というように目配せをした。

「紘葉さんはここにお稽古に来たあといなくなったのですよね。なにか普段と違うようなことはありませんでしたか？」

「いつもと同じでしたよ」

駒乃は暗い顔でうつむいた。

「私が気が付かなかっただけなのかしら」

もし自分が気付いていれば、と自分を責める駒乃に、浅見はなんと言っていいかわからなかった。

「踊りの稽古は熱心だったそうですね」

「ええ、熱心でしたよ」

「いずれ師匠になりたいと思っていたとか。稽古の時間も延ばしたと聞きました」

「そうね。ちょっと延びたこともあったかしら」

駒乃は視線を右上に上げて、考える仕草をした。そして自分を納得させるように「ええ、そうね。あったと思うわ」とうなずいた。

駒乃の家を辞去して、表通りの下駄屋に源三を迎えに行く途中、紫堂は「どうだ。俺の勘が当たっただろう」と嬉しそうに浅見の肩を叩いた。

「紘葉さんは好いた男と駆け落ちをしたんだ。いや、待てよ。そうとは限らないか。紘葉さんのことを好きなあまり、無理矢理どこかに連れ去った、とも考えられるな。これはなんとかして、紘葉さんのことを好きだった男というのを洗い出さなければならないな」

「僕も紫堂の考えに賛成だ」

浅見はこれまで、紘葉失踪の陰に男性の存在があるかどうかは半信半疑だった。だが、駒乃の話を聞いて、かなり高い確率で男性が関与していると思うに至った。

「源三さんは踊りの稽古の時間を延ばした、と言っていたけれど、駒乃さんの答えはあやふやだった。源三さんには延ばしたと言っておいて、本当はだれかと八幡宮で会っていたんじゃないかな」

「八幡宮で?」

「うん。さっき入った脇道を行けば、駒乃さんのところから五分も掛からずに行ける。それに紘葉さんの手紙だ。八幡宮で、幸せな気持ちになれる白蛇に度々会っていたと書いてあったじゃないか。だけど白蛇が出るのは伝承では年に一回だ。それに源三さんは白蛇を見た人に会ったことはないと言っていた」

「たしかに言っていたな。そうか。紘葉さんが八幡宮で会っていたのは男だったということか」

「うん」

浅見は強くうなずいた。紘葉を知る人にもっと話を訊けば、その男性がだれなのかわかるに違いない。

「もっといろんな人に話を訊こうじゃないか。次は蕎麦屋だ」

浅見が言うと、紫堂は「おう」と肩をいからして同意した。

源三は下駄屋の隠居と将棋を指していた。

「終わったんかいな。早かったのう」

呑気《のんき》なものだと呆れてしまう。

源三は将棋の勝負がついていないので、腰を上げる気配がない。

「それじゃあ僕たちは、蕎麦屋に寄って話を訊くことにします」

「源三さんはゆっくり遊んでいくといい。俺たちは蕎麦でも食べながら話を訊くとしよう」と紫堂は言う。

すると源三は、「なら、わしも一緒に」と慌てて立ち上がった。

「将棋はいいのかい？」

「ああ、いいんだよ」とさっさと下駄屋を出てくる。

紫堂が首をすくめた。

第三章　不知森の怪

　喜楽庵という蕎麦屋は、街道を挟み不知森の真向かいにあった。

「これが不知森なんですか？」

　浅見は想像していたのとずいぶん違う森を指さした。森と言うにはあまりにも小さかった。低い木の柵がぐるりと巡らしてあり、見た感じでは街道に面しているのが二十メートルほどだ。源三に訊くと奥行きもそのくらいだという。ちょうど喜楽庵の入り口と向かい合うように鳥居があり、傍《かたわ》らには『不知八幡森』という大きな石碑が立っている。

　ケヤキやカシワのような高木が黒々した葉を広げており、その隙間を埋めるようにシュロやアオキ、ヤブツバキなどの低木がみっしりと生えている。そしてどの木にもツタやサネカズラが蔓《つる》を伸ばして覆い尽くしていた。大木から幾本もの蔓が垂れ下がる様子は幽霊の手のようで、不気味としか言いようがなかった。

「なんだか気味が悪いところだな」

紫堂が柵から身を乗り出して中を覗《のぞ》く。

浅見も後ろから首を突き出した。

ちょうど日暮れ時ということもあって、不知森の中はひどく暗かった。たぶん昼間でもこのように暗いのだろう。目をこらして見ていると、だんだん慣れてきたがヤブコウジやハラン、ヤエムグラなどがびっしりと生えていて、足を踏み入れるのをためらわれるような場所だった。

「あんた、いけませんよ」

今にも柵を越えそうな紫堂に、源三は顔色を変えた。

「ここに入ったら、二度と出てこられないんだよ。だから八幡の藪知らずっていうんだ」

「へえ、そうなのか？　だけど迷信なんだろう？」

紫堂は意に介さない。喜楽庵という看板を見つけると、「お、あそこだな。急に腹が減ってきた」と街道を横断して蕎麦屋に向かった。

引き戸を開けると、出汁の匂いと温かな湿気に包まれた。

「いらっしゃいませ」

若い女の明るい声がする。年は二十歳くらいだろうか、紺の縞木綿に薄紅《うすくれない》の前掛け、髷《まげ》はよくある結綿《ゆいわた》で緋色の鹿子《かのこ》が愛らしい。黒目がちで大きな目に愛嬌がある。

時分時には少し早いが先客がいた。奥の卓子《テーブル》に陣取って、店主の方を向いて斜めに座り、蕎麦を肴《さかな》に手酌で飲んでいた。

客と店主は親しいようだ。店主が浅見たちを見て、「いらっしゃい」と感じのいい笑顔を向けたが、客は一向に構わずしゃべり続けていた。

店主は三十半ばの小柄で小太りの男だ。丸い顔にへの字の眉、小さな目の人の好《よ》さそうな男だった。

一方の客の男は白髪《しらが》まじりの髪を肩まで伸ばし、鷲鼻が印象的で顎が尖っている。背丈は相当に高いようだ。座っていてもそれがわかる。年齢は不詳で三十歳にも五十歳にも見えた。

「おじさん、久しぶりね」

先客の手前に陣取った浅見たちに茶を持ってくると、娘は源三に声をかけた。

「ああ、そうだな。お嬢さんがいなくなっちまってから、ここには来てないもんな」

紘葉の話が出ると、娘は眉を曇らせて、「ほんとねえ」と三人の前にお茶を置いた。

「蕎麦を三つと……酒、飲んでいいかな」

源三はなぜか浅見と紫堂に訊く。

「え？　ええ、いいですよ。遠慮無く飲んでください」

浅見が答えると源三は破顔して、「お咲《さき》ちゃん、お銚子三つ」と指を三本立てた。

「僕たちは飲みませんよ。源三さんだけでどうぞ」

「そうかい。じゃあ、お銚子三つね」

お咲と呼ばれた娘は吹き出した。

「紘葉ちゃんと来てた時は、絶対飲ませてもらえなかったもんね」

にっこり笑うと、くるりと振り返り、「おじさん、お蕎麦が三つとお銚子三本ね」と声を張り上げた。

「お咲ちゃん、俺も酒ちょうだい。それから……」

奥の客は酒と肴を追加するらしい。

「はーい」とお咲はそちらに向かった。

紫堂が浅見を肘でつつく。

「可愛いな。なあ、おい」

「え、ああ、そうだな」

「なんだよおまえ顔が赤いぞ」

紫堂にそう言われて、ますます頬が熱くなってしまった。

蕎麦を食べ終えても、源三はまだ酒を飲んでいた。奥の客が食べているマグロの刺身を、物欲しそうな顔で見ている。

「わしも、あれ、頼んでいいかな」

「いいとも。好きなだけ頼めよ」

紫堂は気にせず言う。しかし浅見は、さっきからどうも引っかかっていた。なぜ、いちいちこちらに断りを入れるのか。それは浅見たちに払わせるつもりではないのか。

そんなことを気にしていてもしょうがないので、店の主人とお咲に紘葉のことを訊ねる。

「紘葉さんは、よくここで蕎麦を食べていたそうですね。いなくなった日も来たそうですね」

「来てましたよ。いつものように、お昼少し前に源三さんと一緒に」

お咲は悲しげな顔で答えた。

「なにか変わったことはありませんでしたか？　悩みがある様子などなかったですか？」

「私、なにも気が付かなかったわ。紘葉ちゃんは、ほんとうにいつもと変わりなかったんです。おじさんは、なにか気が付いた？」

店主は、やはり悲しげな顔で首を横に振った。

「お咲ちゃんと紘葉ちゃんは、姉妹みたいに仲がよかったからね。悩みがあれば、相談していたんじゃないのかな」

踊りの師匠は悩みがありそうだと言っていた。だが仲のよいお咲には、なにも言っていなかった。それに文通をしていたおスミにもなにも言っていない。悩みなどなかったと考えるべきなのか。

「あんたたちは、なんで紘葉ちゃんのことを、そう訊くんだね」

奥の客が物憂げな声で話に割って入った。

「僕たちは海野さんから依頼されているんです。紘葉さんを捜して欲しいと」

依頼料をもらった今、こうして胸を張って言えるのが嬉しい。

「俺たちは探偵なんだよ」

紫堂も得意気に言う。

「へええ、探偵か」

客は自分の猪口《ちょこ》と徳利《とっくり》を持って、浅見たちの卓子に移動してきた。四人掛けの卓子の源三の隣に座り、浅見と向き合う形になる。

近くで見ると男は五十手前という感じで、知的な雰囲気を醸し出している。色のあせた黒い紋付きの着物に、こちらも変色した柿色の、坊主の袈裟《けさ》のようなものを斜めに掛けていた。

自分は占い師をやっている瀧本霊法《たきもとれいほう》という者だ、と自己紹介した。浅見たちもそれぞれに名前を名乗った。

話し好きの男のようで、店の主人は木村茂太《きむらしげた》だと教えてくれる。

「みんなからは茂《しげ》ちゃんと呼ばれているんだ。いいとこのボンボンだったが女房に逃げられて、心機一転蕎麦屋を開いた。それがこの通りの大成功さ」

「成功ってほどじゃないよ」

茂太は豆粒のような目をしょぼしょぼさせた。

「霊法さんのおかげだよ。いつもお客を連れてきてくれるから」

「実はそうなんだ、俺は主にここで占いをやっておる」

「霊法さんに会いたい時は、ここに来ると大概いますよ」

お咲がいたずらっぽく付け加えた。

「まあ、それでも茂ちゃんは偉いよ。町の人間はみんな思っていたんだ。世間知らずの坊ちゃんが、親に金を出してもらって始めた商売なんて、うまくいくはずがないってね」

霊法はそこで猪口の酒で口を湿した。

「それからこっちのお喋りな娘は綾部《あやべ》咲。家は三本松のそばだ。病気のおっかさんがいてね、兄さんと二人で家を支えている親孝行な娘だ」

「私、お喋りじゃありませんから」

褒められて照れくさいのか、頬を染めている。

「それからなんだっけかな、紘葉ちゃんのことか。紘葉ちゃんはこの源三さんと度々蕎麦を食いに来る娘さんだ。まあ、そんなことは知ってるか。会ったことはあるのかい？」

「いいえ。写真を見せてもらっただけです」

「そうか。それは残念だな。写真じゃわからないだろうが、たいへんな器量よしでね」

「ええ、聞きました。行徳の手児奈と呼ばれていたとか」

「そうなんだよ。ちょっと神がかっているくらいの美人でね。ま、天狗に魅入られたってことだな」

「神隠しですか？　あなたもそう思っているんですか？」

「そうとしか思えんだろう。俺は紘葉ちゃんがあの日、不知森のほうへ歩いて行くのを見たんだよ」

霊法は自宅を出て、真間川近くの顧客のところへ行く途中だった。なぜそんなところを一人で歩いているのか不思議だったが、その先には蕎麦屋があったので、そこへ行くのだろうと思っていた。だがあとで訊くと、その日その時間に紘葉は来なかったという。

「俺は客との約束の時間に遅れそうだった。それに距離もあったので、声を掛けずに道を曲がったんだ。あの時追いかけて、『こんな時間に一人でどうしたんだ？』とでも声を掛けていればなあ」

紘葉が八幡宮で人力車を降りたあと、不知森のそばで紘葉を見た人がいる、と源三が言っていたのは、この霊法のことだったのか、と浅見は心の中でうなずいた。

「それは何時頃だったんですか？」

「ちょうど今頃だ。そろそろ日が沈むかなっていう時間だ。いわゆるあれだ。昼から夜へ移り変わる時刻は魔物が現れると言われている逢魔《おうま》が刻《とき》だな」

霊法はぞっとしたように首をすくめた。

「このあたりは他より早く日が暮れるんだ」

茂太がぼそりと言う。

「不知森が夕日を遮って、一足早く日暮れがやってくるんだよ」

そういえば、さっき蕎麦屋の前に来た時に、いやに薄暗く気味の悪い場所だと思ったのを思い出した。

「不知森はな」

霊法が一段声を落として身を乗り出した。

「一度入ったら出られなくなる森、というか藪なんだが、それは知ってるな」

知らなかったけれども、「『藪知らず』ですものね」とうなずいておいた。

紫堂もうなずいてはいたが異論があるようだ。

「だけど、あんな小さな藪なんだから、出ようと思えば出てこられるだろう。迷うなんてありえない。まっすぐ歩けばどこかの端に行き当たるはずだ」

「……だとさ、茂ちゃん」

霊法は皮肉な笑みを浮かべて茂太を振り返った。

「まったくその通りなんですよ」

茂太は丼《どんぶり》を洗っている手を止めた。

「だれが考えたって、あそこで迷子になるはずがない。だけど実際に何人もの人がいなくなるんだ。運良く出てきた人もいたが、その人は頭がおかしくなってしまった」

「平次郎《へいじろう》のことだ」

霊法が説明を加える。

「漆原《うるしはら》平次郎。あいつは子供の時からお調子者でね。いつもなにかしら問題を起こしていたよ。あれは平次郎が十五くらいだったかな。友だちにそそのかされて八幡様のイチョウに登ったんだよ」

「ええっ、なんと罰当《ばちあ》たりな」

源三が顔をしかめる。

「八幡様の、あのイチョウですか？」

浅見が訊くと、茂太もお咲も渋い顔でうなずいた。

あの荘厳とも言える神々しい大木に、普通の人間なら登ろうなどと考えないだろう。

「まったく罰当たりさ。それでやっぱり罰が当たってね。木から落ちて足の骨を折ったんだ。そんなことがしょっちゅうなんだが、ぜんぜん懲りないんだよ。そんなやつだけど不知森にだけは入らなかった。それが酔っ払った勢いで入ったらしいんだ。平次郎の友だちによると、まえまえから、不知森に入って黄門様のように神様に会ってくる、なんて言っていたらしい」

意味がわからず浅見と紫堂が目を泳がせていると、霊法は説明を始めた。

不知森が登場する最古の文献は、一七四九年に刊行された『葛飾記』である。東葛飾の寺社や名所を記した地誌だが、そこには『八幡《やわた》知《し》らずの森《もり》と云《いふ》古《ふる》き森有《もりあり》』とある。その頃から大きな森ではなかったようだ。『若《も》し入《い》れば堅《たちどころ》に駐《すく》み死《し》して』出る者はない。それは平将門《たいらのまさかど》の家臣六人がこの地で泥人形になった、その祟《たた》りゆえだと言う。

また一八一〇年刊行の『葛飾誌略』には『八幡《やわた》不レ知《しらず》森《もり》。諸国《しょこく》に聞《きこ》えて名高《なだか》き杜也《もりなり》。魔《ま》所也《しょなり》といふ』とあり、こちらもやはり『猥《みだり》に入《はい》る事《こと》を禁《きん》ず。不浄《ふじょう》を忌《い》む心也《こころなり》』と書かれているが、その理由は諸説あるとしている。

幕末になると講談の『水戸黄門漫遊記《みとこうもんまんゆうき》』が大変な人気を博し、黄門様を知らない者はいないほどだった。

「その影響なんだろうな」

と霊法は続ける。

「名だたる名所に黄門様を登場させようとしたんだろう。水戸光圀公《みつくにこう》が不知森の話を聞き、同じ場所で人がいなくなるのなら、絡繰《からく》りがあるに違いない、と不知森の中に入り中ほどまで進むと、四丈《じよう》(約十二メートル)ほどもある穴に落ちてしまった。そこには白髪の老人が立っていた。老人は言った。『この場所は無上道である』つまり神聖な最高の悟りの世界ということだ。『普通の人間はここに来ることはできないが、お前は徳のある人間だからここに来られたのだ。しかしながらすぐにここを立ち去れ』という言葉と同時に光圀公はもとの藪の中に立っていた。その老人は神に違いないと思った光圀公は、何人《なんぴと》もこの森に入ってはならないという高札《こうさつ》を立てた。黄門様は不知森から無事に生還した唯一人の人ということになっている。こんな作り話を、みんな喜んだんだ。漆原平次郎もな」

「作り話と知っていて、平次郎さんは不知森に入ったんですか?」と紫堂。

「そこなんだ。不知森の不思議さ、というか異様なところだ。なぜ不知森に入ってはならないのか、本当のところはだれも知らないんだよ」

「ええっ」と浅見と紫堂は同時に声を上げた。

「いくつか説はある。貴人の古墳の跡だからとか、もとはここに葛飾八幡宮があった場所で、そこに放生池《ほうじょういけ》があったから。放生というのは、肉食や殺生《せっしょう》を戒《いまし》めるために魚や鳥や亀なんかを放してやることなんだが、その池があった場所だというんだ。放生会《ほうじょうえ》が途絶えたあとも、入ってはいけないということだけが伝わった。それから、俺が一番気に入っているのは、平将門を討伐した平貞盛《さだもり》が八門遁甲《はちもんとんこう》の陣を敷いたが、死門の一角を残してしまったというやつだ。つまり貞盛が妖術を用いて、あの世の出入り口を開いた。その出入り口が今も開きっぱなしになっている。だから森に入った人は出てこられず、このあたりでは神隠しがよく起きるというわけだ」

「黄門様じゃなくたってばかばかしいと思うよ」

茂太が洗った丼を拭きながら静かな声で言う。

「そう思った人はたくさんいて不知森に入ってみる。それでどうなったか。二度と姿を見ることがない。出てきたとしてもおかしくなっている。だから今では、冗談でもだれも入らないんですよ」

穏やかな言い方が、なぜかよけいに不知森の恐ろしさを浮き彫りにするようだった。

「それにしても霊法さんは、ずいぶん詳しいんですね。本の標題《タイトル》や出版された年まで覚えているなんて」

浅見が不思議がると、霊法はにやりと笑って、もつれた白髪頭を掻いた。お咲と茂太もくすりと笑った。

「霊法さんはここで占いをやる時に、不知森の話をお客さんにひとくさりやるんです」

お咲が言うと、「俺たちは雰囲気を盛り上げるんだ」と茂太が続ける。

「前に聞いたよ、って言うお客さんもいるんですけどね」

お咲の軽口に霊法は眉を上げ、降参というように手を上げた。しかしすぐに神妙な顔になる。

「理由がよくわからないのに、だれもが恐れて入らない。平次郎も半分は信じていないのに残りの半分では信じ、恐れていた。それなのにというか、だからこそ不知森に入ってしまったんだろうね」

霊法は自分の言葉にうなずきながら言う。

「平次郎さんの友だちは止めなかったんですか？」

浅見は訊いた。

「平次郎が不知森に入った時は、そばに友だちはいなかった」

再び霊法は低い声で話し始めた。

平次郎は友だちの家で酒を飲んでいた。さんざんに飲んでかなり酔っ払っていたという。帰りは夜中になった。泊まっていけと引き留めたが、平次郎は帰ると言ってきかなかった。月のない晩だったので、提灯を貸したという。

友だちの家からは不知森の前を通らなければならない。平次郎は千鳥足だった。いい気分で歌も歌っていた。

すると不知森の中から、これまで聞いたことのない音がする。

こんな夜更けにここを歩くこともないので、夜中にはこういう音がするものなのか、と柵のそばまで行き、中をのぞき込んだ。

昼間でも森の中は暗く定かには見えない。まして今は月もない真夜中だ。ただ茫漠《ぼうばく》たる真の闇がそこに口を広げているだけだった。

ただ、妙な音がする。

葉擦れの音だ。耳を澄ますと、それが人のささやき声に聞こえる。そして時々、ザッ、ザッという音が木立の間から湧き起こる。それはまるで地下深くで何かが目を覚ましたかのようだ。忌まわしい気配に、まるで引き寄せられるように、平次郎は柵を越え不知森の中に入った。

森の中は空気がまるで違っていた。それは熱帯の密林《ジャングル》のようなむせ返る濃厚なものだった。植物の呼気が充満し、下草や蔓植物が平次郎の足に絡みつき、行く手を阻むように蠢《うごめ》く。

音は相変わらず耳鳴りのように聞こえてくる。

平次郎は音のする方に提灯を掲げた。

なにかが潜んでいる。

その時、風もないのに提灯の火が消えた。

「あのう、すみませんが」

紫堂が霊法の話を遮った。

「平次郎さんが、友だちから提灯を借りたところまではわかりますよ。だけどそのあとのことはどうして知っているんですか？　平次郎さんは頭がおかしくなってしまったんですよね」

乗りに乗っているところで腰を折られ、霊法は仏頂面になった。

「それはだな。どうにか家に帰り着いた平次郎は、その日から三日三晩熱に浮かされたんだ。頭に瘤《こぶ》があった。今思えば、だれかに殴られたのかもしれないいな」

「警察へは届けたのですか？」と浅見。

「いいや。その時はきっと酔っ払ってどこかにぶつけたんだろう、と家族は思ったんだ。

うわごとをずいぶん言っていてね。家族がそれを聞いていたんだよ。今の話はそれだ。まあ、俺の脚色も多少は入っているがな」

霊法は口を湿すためにお銚子を持ち上げた。空だったようで、二本を追加で注文する。源三はさっきから手酌で飲んでいたので、源三の分も頼んでやったのだろう。源三は、かなり酔いが回っているようで目が据わっていた。

「家族は最初、そのうちに正気が戻るだろうと軽く考えていた」

霊法は続ける。

「なんといっても、普段の平次郎があういうやつだから、またろくでもないことをやったんだろうって。だが、平次郎は熱が下がっても正気には戻らなかった。それで家族は狐でも憑《つ》いたんじゃないか、と俺に相談に来たんだ。俺は狐憑きを何人か見たことはあるし、祓《はら》ったこともある。だけど平次郎のは狐じゃなかった。あんなのは見たことがない。平次郎はいつまでたっても正気に戻らないので、東京の巣鴨《すがも》病院に入院した」

そこで霊法は、今思い出したというように、茂太とお咲のほうを見遣った。

「もうすぐ平次郎がこっちに戻ってくるそうだよ」と言い、浅見たちに向かって、「熱が下がったあと、ひどく暴れて手が付けられなかったんだ」と説明した。

「治療のかいがあったのか、今は暴れることもなくなったんで、これからは家で療養するんだろうな」

「よかったわ。実を言うと兄の友だちなの。あの日はうちに遊びに来るはずだったんですけど、おっかさんの具合が悪くなって断ったんです。それで別の友だちの家に……」

お咲は悲しそうに目を伏せた。優しい娘のようだ。

紫堂が茂太のほうを向いて訊く。

「こんな気味の悪いところに、なぜ店を開いたんですか？」

遠慮ない言い方に、浅見はひやりとしたが、だれも気にしていなかった。

茂太はにやにや笑っているだけだし、お咲は卓子の上の皿を片付けている。

霊法が茂太の代わりに答える。

「茂ちゃんの家は先祖代々、このあたりの大名主でね。父親は町会議員の木村久右衛門《きゅうえもん》だ。その次男坊なんだよ茂ちゃんは。親の口利きでどうにか役場で働いていたんだが

……」

「ひどい言い方だなあ」

いつも言われていることなのだろう、茂太は半分笑っている。

「お多佳《たか》さんという美女と結婚して、これまた親のおかげで敷地内に建てた新居で新婚生活を始めたんだ。ところがだな。人生とはままならぬものよ」

霊法は芝居じみた調子で悲しげに首を振るが、目や頬がほんの少し笑っている。

「お多佳さんは男を作って家を出てしまった」

茂太が情けない声で笑う。霊法も一緒に笑った。

「女房との思い出のある、あの家が嫌でね。なんだか一人で住んでいるのが寂しくなっちまった。それで、ここで蕎麦屋を始めたんだ。ちょうどここで団子屋をやっていた婆さんが死んでしまったんでね」

団子屋の婆さんは身寄りのない老人で、何年も前から商売はうまくいっておらず、借金ばかりが増えていた。そんな店であるにもかかわらず、運の悪いことに強盗が入ったのだという。なにも盗るものがないことに腹を立てた泥棒が、その気の毒な老人をスコップで殴り殺したものと思われている。犯人は捕まらぬまま、逃げているのだった。

茂太は婆さんの借金を清算して、団子屋の代わりに蕎麦屋を開いた。

「全部、親父さんに出してもらったんだよ。こいつは」

霊法は憎々しげに言って笑った。お咲と紫堂からも笑いが起こる。

「どうも俺は蕎麦屋が性に合っているようでね。霊法さんのおかげもあって、どうにか暮らしていますよ」

「どいつもこいつも外道ばっかりだ」

突然、源三が吐き捨てるように言った。

見れば顔は赤黒く、目が血走って、さっきまでの源三とは別人のようだった。

浅見は一瞬、源三が不知森の怪異に取り憑かれてしまったのかと思った。そんなことを思うのも、さっきから霊法の話を聞いていたせいだろう。

「源三さん、どうしたのですか？」

「わしは許せないんだよ。あんなに綺麗で優しいお嬢さんを、みんなでよってたかっていじめるんだ。奥さんだって、自分の娘じゃないか。なんだってあんなに冷たいんだ。店の者だってみんな知らんぷりだ。知っているくせに。なんでも全部知っているくせに」

「なにを知っているんですか？」

浅見は身を乗り出した。しかし源三は浅見の問いが聞こえなかったかのように、自分のことを話し始める。

「ああ、そうだよ。わしだって知っている。だけど知らん顔しているよ。あそこをクビになったら、こんな年寄り、どこだって雇ってくれるところはない。今、仕事がなくなったら困るんだ。娘が病気で伏せっているんだが、姑というのが意地が悪くて、娘は肩身が狭いんだ。病気の嫁は実家に戻したいが、帰る実家もないなんてとんだ疫病神だなんて言いやがる。せめてわしが薬代を届けてやらないと、どんなことになるかわかったものじゃない」

「へえ、娘さんがいたんだ。病気だなんて」

霊法が同情する。

娘が病気なのは気の毒だが、今は海野商会の奉公人が何を隠しているのかを知りたい。

「お咲ちゃん、酒」

源三は徳利を持ち上げて大声で喚《わめ》いた。

お咲は酒の代わりに湯飲み茶碗を持って来た。

「なんだこれは。茶じゃないか。わしは酒って言ったんだぞ。酒を持ってこい。酒を」

隣で霊法が、「ほらほら酒だ。これを飲め」と自分の徳利から酌をしてやっている。

源三は、今度は女房に死なれた日のことを話し始めた。涙に暮れながら、馬に蹴られて死んでしまった女が、どんなにいい女房だったかを洟《はな》をすすりながらくどくどと喋り続ける。

お咲は浅見の耳にそっと、「紘葉ちゃんから言われていたんです。お酒を飲ませちゃだめだって」とささやいた。

源三に酒乱の気《け》があったとは、と少々驚きながら仕方なく源三の話を聞いていた。今は、女房と出会った時の楽しい思い出を語り、泣いたり笑ったりしている。

「気になるな。海野商会の人たちはなにを知っているというんだろう」

紫堂が浅見に耳打ちした。

第四章　紘葉の恋人

1

　酔い潰れてしまった源三を、紫堂が背負って店を出た。茂太が提灯を貸してくれたので、浅見がそれを持つ。

「まったく、酒を頼んでいいかとか、肴を頼んでいいかなんて、いやにこっちの顔色をうかがうと思っていたら、俺たちに払わせるつもりだったんだな。その上これだ。図々しいやつだよ」

　紫堂は背中の源三を揺すり上げた。

「行徳までそれで行く気か？」

　浅見は心配になった。いくら源三が小柄で痩せこけていても、行徳までは結構な道のりだ。

「行けるさ。だけどそのうちに酔いも醒めるだろう。そうしたら歩かせる」

「なあ、紫堂。お咲ちゃんが言っていたんだが、紘葉さんは源三さんにお酒を飲ませないように言われていたそうだ」

「そりゃあそうだよな。こんなに酒癖が悪いんだ。際限なく飲むんだから」

「それだけじゃなくて、源三さんはお酒を飲むとずいぶんと口が軽くなったじゃないか。海野商会の人たちが、なにかを知っているのに隠しているなんて、素面《しらふ》の時はおくびにも出さなかった。そうだろう？」

「そうだな」

「酔っ払うと、言ってはいけないことをみんな喋ってしまうから、紘葉さんはお酒を飲ませないでと言ったんだ。それに海野商会の人たちは源三さんの存在を、僕たちから隠していたんじゃないかな」

「万が一にも仲良くなって、酒を酌み交わさないようにってことか」

「どうだろう。今夜はこのまま八幡町に泊まらないか。行徳に帰らないで、源三さんの酔いが醒めるのを待って話の続きを聞こうじゃないか」

「うん。それはいい考えだ。行徳に戻ったら、海野家の人たちの邪魔が入るなんてことも考えられるよな」

話が決まり振り返ると、お咲がこちらに向かって駆けてきた。

「浅見さん、私、お話ししなければならないことがあるんです」

「話？　どんな話ですか？」

浅見が問い返すそばで、紫堂は口を尖らせた。

「なんだよ、浅見にだけか？」

「あ、ごめんなさい。内田さんにも……」

「いいよ別に。慣れてるから。だけどどんな話なのか俺も気になるな」

紫堂に促されたが、お咲はもじもじして話そうとしない。

「それが……。ここではちょっと言えないし、兄に相談してからじゃないと……。明日もこちらにいらっしゃいますか？」

「僕たちは今夜、八幡町に泊まることにしたんだ」

お咲の表情がぱっと明るくなった。

「それじゃあ、少し店の中で待っていてもらえませんか。兄がもうすぐ私を迎えに来るんです」

お咲の兄、綾部蓮太郎《れんたろう》は牛鍋屋で働いているのだが、仕事が終わると妹を迎えに来て、一緒に帰るのだそうだ。夜道は危ないから、と心配でそうするらしい。

浅見たちが店に戻ると、茂太と霊法は歓迎してくれた。そろそろ店を閉める時刻なので、茂太も卓子《テーブル》について酒を飲み始めた。

源三はまだ眠っているので、奥の畳の間に寝かせた。霊法は、いつもならとっくに帰っているのだが、浅見と紫堂という新顔の登場で、すっかり気分を良くして長居していたという。

浅見たちが戻って来た理由を、お咲は兄に会わせたいからだと説明した。

「兄さんは探偵っていう職業に、とっても興味があるの」

「蓮太郎くんは探偵にでもなるつもりなのかい？」

霊法がろれつの回らない舌で訊く。

「そうかもしれない」

お咲は、大きな目をくりくりと動かして答えた。

「この近くに旅館はありますか？」

浅見は茂太と霊法に訊いた。霊法のほうは、今にも寝てしまいそうなほど酔っている。

それで茂太が答えた。

「松川《まつかわ》旅館というのが近くにあるよ。高くもないし静かでまあまあの旅館ですよ」

「それでは今夜はそこに宿を取ることにします」

茂太は酒が強いようで、手酌でぐいぐい飲みながら、探偵とはどんな仕事をするのか、などと訊いてくる。猫探しの話をするのはどんなものか、と迷っていると、紫堂が適当にそれらしい話をしてくれた。架空の話はお手の物で、家出した猫ではなく家出した娘を見事捜し出した、などと得意になって語るのだった。

「それじゃあ、絃葉ちゃんもじきに見つけてもらえますね」

茂太は目を細めた。霊法の鼾《いびき》が聞こえてくる。

ほどなくして綾部蓮太郎がやって来た。背の高さは浅見たちと同じくらいで、日本人の平均よりかなり高い。浅見の貧弱な体軀《たいく》と違って、胸板の厚さは紫堂のように堂々としている。だが、一見しての違いは蓮太郎の顔の造作だった。秀でた眉。涼やかで切れ長の目。男らしい四角い顎。どれを取ってみても美丈夫という言葉がぴったりの人物だった。

蓮太郎はたくさんの客がいることに、最初は驚いたようだった。だがすぐに見知らぬ顔の浅見たちにも軽く会釈をした。

お咲が立ち上がって蓮太郎のそばに行く。浅見と紫堂を紹介するのかと思ったが、そうではなく、蓮太郎を店の隅に連れて行き、なにやら小声で話している。

蓮太郎は時々こちらを見て、小さくうなずいていた。

話が終わると蓮太郎は、「探偵さんなんですか。僕も探偵になりたいと思っていたんです。どうか話を聞かせてもらえませんか」と柔らかい口調で言った。

お咲は、「歩きながら話しましょう。それじゃあ茂太さん。また明日」と言って店を出ようとする。蓮太郎はお咲のあとに続いた。

表戸の向こうからお咲が振り返り、目で合図をする。

「あ、それじゃあこれで」

浅見は奥で寝ている源三を起こした。だが、いくら揺すっても、むにゃむにゃと言うだけで目を覚まさないので、また紫堂が背負った。

さっきの提灯に火を入れ、浅見がみんなの足もとを照らした。

「すみません。探偵になりたいというのは嘘なんです」

蓮太郎が生真面目な口調で頭を下げる。

「ええ、わかってますよ。なにか話があるとか」

日が落ちてすっかり暗くなったとはいえ、街道にはまだ人の足は途絶えなかった。行き交う人が提灯を提げているし、月も出ているので通い慣れた道なら提灯がなくても歩けるのだろう。蓮太郎とお咲の手に提灯はなかった。

「実は、僕は絃葉と結婚の約束をしているのです」

浅見は驚いて思わず立ち止まった。紫堂は背中の源三を落っことしそうになって慌てている。

「そ、そうだったのですか」

浅見はそれだけをようやく言った。八幡宮で絃葉が会っていたのは蓮太郎だったのか。

「絃葉ちゃんは、あれだけ綺麗な娘《こ》でしょう。兄さんとそういう関係にあるってわかったら、焼き餅を焼いて絃葉ちゃんや兄さんにひどいことをするんじゃないかって心配して、だれにも言わないでおこうってことになったの。知っているのは兄さんたちの他は私だけなんです」

「絃葉の行方を捜してくださっているんですよね。僕だったら、だれも知らないことをお話しできると思います。今夜はどこに泊まるのですか？」

松川旅館だと言うと、「それじゃあ、あとでそちらに行きます」と蓮太郎は言う。

「これからみんなで一緒に行くのではないのですか？」

「お咲を家に送って行きます」

「私も一緒にお話を聞きたいわ」

お咲は拗《す》ねたように言う。

「帰りが遅くなるから、お咲は家にいなさい。それに二人して帰らなかったら、母さんが心配するだろう？」

蓮太郎の口調はどこまでも優しい。こんな言い方をされたら、お咲も我を通すことはできず素直に従った。

2

喜楽庵の前で四人は二手に分かれた。

浅見たちは不知森の前を通り松川旅館に向かう。森はいよいよ暗く、深い闇に呑み込まれそうな気がしてくる。耳を澄ましてもなんの音も聞こえてこないのだが、それがますます恐怖を掻き立てるのだった。

足早に不知森から遠ざかり、脇道に入って少し行くと松川旅館の提灯の明かりが見えてきた。ほっとして玄関に入り、部屋は空いているかと問うと、すぐに二階に通してくれた。案内してくれた仲居は、二十四、五のすらりと背の高い垢抜けた感じの女だった。

急な階段を上がる。一番奥の「萩《はぎ》」という部屋だった。

「すぐにお布団を敷きましょうか？」

紫堂の背中で寝ている源三を見て言った。

これから源三を起こして話を訊くつもりだが、邪魔をされたくないので布団は敷いておいてもらうことにする。

畳の上に降ろされた源三は、ようやく目が覚めたようで、「ここはどこだ」などとキョロキョロしている。

「ここは松川旅館ですよ。今夜はここに泊まるんです」

「そうかい。じゃあ、風呂にでも入ってこようかな」

立ち上がろうとする源三を、「ちょっと待った」と紫堂が押しとどめた。

「さっき言いかけたことを全部喋ってからだ」

「え？　わし、なにを言ったんだったかな」

明らかに知っていてとぼけている。酔っていたからといって、記憶が無いわけではないらしい。

「酒を飲めば思い出すんだな」

源三は照れたように、「そ、そうかもな」と薄笑いを浮かべた。しかしすぐに唇を固く結んで首を振った。

「わしはなにも知らんのだし。なにも言うことは……ないんだ」

語尾が弱くすぼまって、力なくうなだれた。

「言ってはいかんのだ。娘が病気で……。あそこを辞めさせられたら困るんだ。すまんが、なにも話せない」

源三はしきりに、「すまん」と謝った。

この人から無理に聞き出すのは酷だという気がする。諦めた方がいいのか、と思い始めた時、紫堂が突然大きく伸びをした。そして間延びした声で、「今日は疲れたなあ。一杯やって寝るとするか。なあ浅見」と言った。

「え？　あ、ああ、そうだな。僕も今夜は飲みたい気分だ」

紫堂が身軽に立ち上がって、酒を注文しに行った。

「あんたら、飲むのかい？」

目の前に酒があったら、その誘惑に耐えられるだろうかと不安なのだろう。源三は気の毒なほど情けない顔になった。

仲居が持って来た二本のお銚子を前に、源三は身を固くしていた。ごくりとつばを飲む音が聞こえる。気を利かせたのだろう、猪口が三つ用意されている。

紫堂と浅見は小さな猪口に互いに酌をして飲んだ。

胃の腑がカーッと熱くなる。

「あー、美味いなあ」

紫堂はのけぞって大げさな声を上げる。

「わしも、ちょっとだけいいかな」

「いやだめだ。源三さんは飲まないんだろう？　これは俺たちのぶんだから」

紫堂もそれほど酒を飲むほうではないのに、さも酒好きのような顔をして徳利を自分のほうへ引き寄せた。

「まあ、いいじゃないか紫堂。目の前でこんな美味しいものを、二人だけで飲むのは気が引ける」

浅見は猪口を源三の手に持たせて酌をしてやった。

源三は嬉しそうに呷《あお》ると、「酒が二本じゃ足りなくないですかね」と探るような笑みを浮かべた。

「いや、これでいいんだ。さあ、もう一杯飲め」

今度は紫堂が酌をする。

浅見はもう飲まないつもりだし、紫堂もそのようだ。三本のお銚子ですっかり酔ってしまった源三だから、酒は二本にしておこうというのが紫堂の考えらしい。

源三が猪口で三杯飲んだところで、紫堂は徳利の載った盆を自分の後ろへ隠した。

「あ、なにをする」

慌てて伸ばした源三の手を、紫堂がぴしゃりと叩いた。

「飲みたきゃ喋るんだな。知っているけれど知らん顔していること、って一体何なんだ」

がっくりとうなだれた源三は、驚いたことに泣いているようだった。

「わかった。喋るよ。だからもう一杯だけ飲ませてくれ」と洟をすする。

猪口の酒を一口で飲んだ源三の目は暗い色を帯び、鋭い視線を畳の上に落としていた。

「お嬢さんは可哀想な人なんだ。あんなに綺麗に生まれたのに、ちっとも幸せじゃない」

「どうして幸せじゃないのですか?」浅見は訊ねる。

「旦那さんが……」

「え?」

「旦那さんと若旦那が、お嬢さんのことをいやらしい目で見るんですよ。それで自分の部屋に呼んで……」

「部屋に呼んで、なんなんだ」

紫堂が叫ぶように言った。

「部屋の中でなにがあるのか、わしにはわからねえ。だけど、お嬢さんは部屋に呼ばれるのを嫌がっている。それはいつも奥様がいない時なんだ。ちょっと肩を揉んでくれ、とか腰を揉んでくれとか、奉公人の前で堂々と言うんだ。父親が娘に肩を揉んでもらってなにが悪い、っていう顔をしてね。だけどみんなわかっている。旦那さんの目は娘を見る目じゃない」

源三が言うには、母親の志津はそれをわかっていて、紘葉をいじめるのだという。「おまえが色目を使うからだろう」と志津が叫んでいるのを聞いた奉公人もいる。なにかにつけて志津は紘葉に辛く当たるが、奉公人は知らん顔を決め込むしかない。源三自身もその一人なのだ。

「わしは自分が情けない。なにもしてやれないんだからな」

源三はまた洟をすすった。

紘葉は針の筵《むしろ》のような家で、母親の機嫌を損ねないように、息をひそめるように暮らしていた。だから紘葉の姿が見えなくなった時、源三は思ったのだという。ああ、ついに限界が来たのだなと。

「限界」

浅見は繰り返した。

「ああそうだ。もう耐えられなくなったんだろうってね。知ってるかい？　真間の手児奈にはたくさんの男が求婚した。そして手児奈を我がものにしようと争ったんだ。自分のせいで争いが起きたことを悲観して、手児奈は真間の入り江に身を投げて死んだんだ」

源三は顔を上げて、ぞっとするような悲愴な顔をした。

「わしは、お嬢さんは不知森に入って自殺したんだろうと思っている。霊法が不知森のほうへ歩いて行くのを見たと言っているしな。旦那さんはあちこち捜し回ったように世間には言っているが、真剣に捜しちゃいないんだ。旦那さんもきっと自殺だと思っているはずだ。いや、死んでくれていたほうがいいと思っているに違いない。へたに生きていて、自分の悪行がバレたら困るからな」

「しかし絃葉さんには好きな人がいたのです」

浅見は源三の言葉をなにがなんでも否定したかった。

「踊りの稽古の時間を延ばした、と言っていたでしょう？　でもそれは違うようなんです。一時間延ばしたその時間で、絃葉さんは八幡宮に行き、ある人と会っていたんですよ。好きな人とそうやって会っていたんです。そんな絃葉さんが自殺なんかするでしょうか」

白蛇に会うととても幸せな気持ちになる、とおスミへの手紙に書いていた。白蛇は蓮太郎だったのだ。

「お嬢さんは、好きな人がいるからよけいに辛かったんじゃねえのかな。わしは若い娘の気持ちはわからねえ。だけど始終男から言い寄られていたんだ。寛介《かんすけ》だって可哀想に、お嬢さんを好きにならなきゃ、あそこを辞めさせられることもなかったんだよ」

「寛介さんというのはだれですか？」

「奉公人だよ。お嬢さんに言い寄ったって疑われてクビになったんだ」

「今どこにいるんですか？　寛介さんは」

「葛飾村の実家に帰っているはずだ」

紫堂は目を大きく見開いた。紘葉の失踪に寛介という男が関わっていると確信したのだろう。三角関係のもつれから紘葉はなんらかの紛擾《トラブル》に巻き込まれたのだと。

3

綾部蓮太郎が到着した。

「お待たせしました」と部屋に入って来て、源三がいるのを見ると少し驚いたようだった。源三がいては話ができないのかと思ったが、そうでもないらしい。

「紘葉から聞いています。優しくしてくれるのはあなただけだと」

源三は、蓮太郎がなにを言っているのかわからないようで、口を開けてみんなの顔を見回していた。

「紘葉さんと蓮太郎さんは、一緒になる約束をしていたのだそうです」

浅見が説明する。

源三は口をさらに大きく開けて驚き、声も出ないといった様子だ。

「紘葉は源三さんに感謝していましたよ。源三さんは紘葉の味方だ。この際だから一緒に話を聞いてもらいましょう」

「そうか。源三さん、あんたは見かけによらずいい人なんだなあ」

紫堂は徳利を持ち上げて酒を勧めた。源三が相好を崩して猪口を持ち上げる。

浅見たちの前であぐらをかいた蓮太郎は、腕組みをして難しい顔をしている。何から話そうか考えているようだ。

なかなか話を始めないので、浅見は寛介のことを訊いてみた。

「海野商会を辞めさせられた寛介さんという人のことは知っていますか？」

「いいえ。知りませんね」

「紘葉さんから聞いたこともないですか？」

蓮太郎はないと言う。どういう人なのかと問われたので、源三から聞いた話をそのまま伝えた。

蓮太郎は首をひねっている。てっきり寛介との三角関係の話かと思ったが、そうではないらしい。

「お多佳さんと僕は何度も会っていました」

「お多佳さんと言うのは？」

「蕎麦屋の茂太さんの奥さんです。というか奥さんだったと言ったほうがいいでしょう」

蓮太郎は一語一語を確かめるように慎重に話し始めた。

茂太はお多佳が男と逃げたと言っているが、そのとおりだと思う、と蓮太郎は言った。

「それじゃあ、お多佳さんの居場所を知っているのですか？」

「いいえ、知りません」

蓮太郎は悲しそうに言って目を伏せた。去年の晩秋に会って以来、お多佳とは連絡が取れなくなっているという。

「あのう、お多佳さんとは、どういう……」

「親子ですよ」

「それではお咲ちゃんのお母上が病気だというのは？」

「僕は綾部家の養子なんです。捨て子でしてね。綾部の養父母は子供ができないので、僕をもらって育ててくれたんです。その頃は国府台《こうのだい》のほうで農業をやっていました。僕がもらわれたあとに、よくあることですがお咲が生まれました」

「ああ、それではご病気なのは、お咲ちゃんのお母上ということなんですね。あなたはお多佳さんの息子ですが、茂太さんとは親子関係にないのですか？」

「ええ、違います。お多佳さんが二十年前に僕を産んだのですが、相手はその時だけの関係で、お多佳さんに子供ができたことを知ると、どこかに姿を消してしまったのだそうです。子供を抱えて途方に暮れたお多佳さんは、僕を捨てたのです」

捨て子の蓮太郎はさる篤志家によって育てられ、綾部家に世話をしてもらったという。

「あなたとお多佳さんが、母子《おやこ》だとどうしてわかったのですか？」

「僕が十歳くらいの時でした。養母から、お前は貰《もら》い子だと言われ、納屋の軒下で泣いていたのです。そうしたらお多佳さんが通りかかって、焼き芋をくれたんです。『どうして泣いているの？　だれかにいじめられたの？』って訊いてくれました。養母はあまり優しい人ではなかったので、女の人に優しくされたのがとても嬉しかった」

「なるほど、それで自分は捨て子だと言うと、それじゃあ、私がおっかさんですよ、ということになったんだな」

紫堂が赤い顔をして言う。源三にせがまれて酒を追加で頼み、一緒に飲み続けていたので、すっかり酔ってしまったようだ。

「いいえ、捨て子だと養母に言われたことを話しましたが、その時はなにも言いませんでした。ただ、育ててくれる人がいるだけでも幸せだ、というようなことを言って慰めてくれたのです」

蓮太郎は酒ではなく、茶を一口飲んで続けた。

「そのあと、たまに町でお多佳さんに偶然会ったりしましたが、向こうはにっこり笑いかけてくるくらいでした。特に話をしたこともないんです。ですが去年の夏だったか、僕が働いている牛鍋屋にお多佳さんが来まして、話があるというのです」

仕事が終わってから、お多佳はこの松川旅館に呼んで、今まで自分は知らなかったのだが、実はおまえの母親だと言った。

「ちょうどこの部屋でした」

蓮太郎は感慨深げに部屋を見回した。

お多佳は蓮太郎の手を取り、涙ながらに語ったという。前からなぜか蓮太郎のことが気に掛かるのは、親子だからではないか。生まれたばかりの男の子を捨てたのは二十年前。確かめようはない、と一度は諦めたが、訊くだけは訊いてみようと捨てた家に行って話をしてみると、どうも自分が捨てた日や、赤ん坊の様子が蓮太郎と一致する。なによりも、蓮太郎が自分の子供だという気がして仕方がないのだと、さめざめと泣いたのだった。

「僕もお多佳さんが、自分を産んでくれた母だという気がするのです。お多佳さんが僕を捨てたという家も間違いなくそうなのです」

蓮太郎はうっすらと涙ぐんでいた。

「僕とお多佳さんは時々会って、積もる話などをしていました。お多佳さんは茂太さんと夫婦になっているし、僕は養母が病気ですから綾部の家を出ることはできません」

親子の名乗りをしても、親子として一緒に暮らすことなどできない、と諦めていた。ところがひと月ほどして秋も深まった頃、お多佳がまた牛鍋屋にやって来た。見知らぬ男を連れていた。

『この人があんたのおとっつぁんだよ』

「いきなりお多佳さんに言われて、びっくりするやら嬉しいやらでした。なぜ自分とお多佳さんを捨てたのかとか、いままでどこでなにをしていたのか、など訊きたいことはたくさんありました。でも、僕は仕事がまだ終わらないので、松川旅館でゆっくり話をすることになりました」

しかし仕事が終わって行ってみたが、お多佳も男も来ていない。その日はいくら待っても、二人が姿を見せることはなかった。

それきりお多佳とは会えなくなってしまったという。お多佳はたぶん蓮太郎の父親だと名乗った男と一緒にいるのではないかと思う。しかしなぜ自分に知らせてくれないのか、まったく訳がわからない、と蓮太郎は涙ながらに語った。

「僕は両親に三度までも捨てられたことになります。一度目は父親に、二度目は母親に。そして三度目は両親です。今年の春に、僕は絃葉にその話をしました。絃葉は僕が可哀想だと泣いてくれました。そして僕の両親なら会いたかったと」

蓮太郎はそこで息を整えるように間を置いた。

「絃葉と会えたのはその日が最後でした。絃葉の家のほうでは、神隠しに遭ったということにしてしまったようですが、おかしいと思いませんか？　僕の父親の話が出たとたんに、二人とも姿を消してしまったのです。大切な話をすると大切な人が二人もいなくなる。なぜかわからないけれど、僕に関係があるような気がしてしょうがないのです」

浅見にはただの偶然のように思えるが、必死に訴える蓮太郎にそんなことは言えなかった。

「お願いします。絃葉とお多佳さんを捜してください。お金はこの通り、用意してきました」

蓮太郎は白い紙に包んだものを、浅見の膝の前にすべらせて寄越した。

「お金は結構ですよ。絃葉さんのお父上から充分な額をもらっています」

浅見は包みを蓮太郎のほうへ返しながら言った。

蓮太郎は迷ったあと、少しはにかみながら懐へ仕舞った。

浅見は、父親だと名乗った男の特徴を細かく聞き出した。

中肉中背で丸顔。頭髪は黒いが薄毛で頭頂部の地肌が透けて見えていたこと。額に深い皺があり、離れた目と唇の厚い大きな口のせいでカエルに似ていた。着物は労働者風であまり裕福そうには見えなかったという。

蓮太郎は、お多佳はきっとその男と一緒にいるはずだと、力を込めて言う。お多佳と男が見つかれば、絃葉の居場所もわかるに違いないと。

「あなたがお父上と会った日は、正確に何日かわかりますか？」

「日記を書いているので家に帰ればわかります。明日、仕事の前にここに来てお知らせします」

蓮太郎は立ち上がって、「それじゃあ、明日」と襖《ふすま》に手を掛けた。

しかし、なにかを思い出したようだ。

「茂太さんは、お多佳さんの居場所を知っているんじゃないか、と思ったことがあります。あの時、たしか茂太さんは……」

蓮太郎は言いかけたが、源三が睡《ねむ》りかけているのを見て、「もう遅いですから、明日ゆっくりお話しします」と帰って行った。

「お多佳さんがいなくなったことと、絃葉さんのこととは関係があると思うかい？」

浅見は紫堂に訊いたのだが、紫堂はすっかり酔ってしまって目の焦点が合っていなかった。

紫堂と源三を布団に寝かせ、浅見は思考の続きに戻った。

『関係があるとは思えない』

それが浅見の出した答えだった。蓮太郎の考えが思い込みであることを証明するには、お多佳とその男を捜し出せばいい。茂太の言うように、お多佳が男を作って逃げたのなら、相手の男がその当人であることは、まず間違いない。捜し出したあとで、なぜ松川旅館に来なかったのかを訊けばいい。

お多佳に言われて蓮太郎に会いに行ったものの、面倒になって旅館には行かなかった。そんなところではないかと浅見は思っている。

浅見はお多佳の動向よりも、葛飾村の寛介のことが気になっていた。いや、気になるどころではない。絃葉とのもめ事で海野商会を辞めさせられたのなら、いまだに恨みを抱いている可能性は大いにある。

蓮太郎は寛介の存在を知らなかったようだが、絃葉が言わなかっただけなのだろう。そのことからも、絃葉は寛介とのことを内緒にしておきたかった、ということがわかる。

踊りの師匠が言うように、絃葉は心の中のことをあまり人に言わない性格らしい。たぶん絃葉は海野家での自分の立場について悩んでいたはずだ。師匠の勘は当たっていて、それは「大きな悩み」だった。それを仲のいいおスミにも知らせていない。それでは恋人の蓮太郎には打ち明けただろうか。その可能性は低いと浅見は思う。もっとも知られたくないのが蓮太郎のはずだ。喜楽庵で源三に酒を飲ませなかった理由もうなずける。

海野商会を辞めたあとも、寛介は紘葉に接触しようとしたのではないだろうか。明日の朝、蓮太郎から父親に会った日が何日だったかを聞いた後は、寛介を訪ねてみようと決めて布団に入ったのだった。

しかし翌朝、蓮太郎が宿にやって来ることはなかった。

4

「寝坊したんじゃないのかね」

朝食を終え、布団に腹ばいになって紫堂は言った。

蓮太郎は真面目できちんとした人物だと浅見は思っていた。彼が寝坊するとは思えなかった。

『僕に関係があるような気がしてしょうがないのです』

蓮太郎の言葉がよみがえる。

浅見は頭を振って打ち消した。関係あるはずがない。蓮太郎は寝坊したのだろう。あるいは日記に書いたはずだったが、父親だという男と会ったのがいつか見つけられず、朝早くに急いで行っても仕方ないと思ったのかもしれない。

源三は早くに起き出して行徳へ帰る仕度をすると、「お嬢さんに好きな男がいてよかった」と涙を拭きながら言った。

「死ぬ前に、ちょっとのあいだでも幸せがあったんだなあ」

と不吉なことをしみじみと言う。

「紘葉さんは、まだ死んだものと決まってないぞ」紫堂が言う。

「あ、ああそうだった。そうだったな」

口ではそう言っているが、生きてはいないと思い込んでいるようだった。洟をすりながら行徳へ向かって出発したのだった。

十時過ぎまで待ってみたが現れないので、蕎麦屋でお咲に訊くことにした。

喜楽庵は開店前だったが、表戸を叩いて中に入れてもらった。茂太とお咲は開店の準備をしているところで忙しそうだった。

しかし蓮太郎が約束の時間に来ないことを話すと、お咲はなにを言われたのかわからない、というようにしばし呆《ほう》けたような顔をしていた。

「兄さんは……」

お咲はようやくかすれた声で言った。

「兄さんは、そちらに泊まったんだと思いました。昨夜は帰って来なかったんで」

「ええっ、そんな……」

言葉にならなかった。

「兄さん、ゆうべは何時頃に旅館を出たんですか？」

お咲の頬が紅潮している。

浅見は、蓮太郎が宿を出ただいたいの時間を伝えた。

「どこ行っちゃったんだろう」

「お咲ちゃん、蓮太郎さんが働いている牛鍋屋さんの場所を教えてもらえませんか？」

牛鍋屋の場所を聞いたあと、浅見は言った。

「ほかに蓮太郎さんが行きそうな場所に心当たりはありませんか？」

お咲は少し考えて首をかしげた。

「兄さんの友だちと言えば平次郎さんなんだけど、どうかしら。以前はよく遊びに行っていたけど、平次郎さんがあんなことになってしまったし……」

浅見と紫堂は牛鍋屋に向かった。

八幡宮近くの牛鍋屋では仕事に来ない蓮太郎に、店主はひどい怒りようで、ほかになにも訊けず、すごすごと牛鍋屋をあとにした。

ある程度予想はしていたが、ひょっとすると牛鍋屋で仕事をしているのではないか、と淡い期待を抱いていただけにかなり気落ちした。

だめでもともとで平次郎の所へも行ってみることにした。途中、蕎麦屋に寄って蓮太郎がいなかったことを告げると、お咲は不安そうな顔でなにも言わず、浅見をじっと見つめていた。

その儚《はかな》げなまなざしに、浅見の胸がぎゅっと痛くなる。抱きしめて、「大丈夫だ。きっと見つかるよ」と言ってやりたい衝動に駆られる。

「おい、行くぞ」

紫堂に肩を叩かれ、後ろ髪を引かれる思いで蕎麦屋を出た。

平次郎の家は真間にある。真間川にかかる入江橋を渡ると、そこは弘法寺《ぐほうじ》の門前町になっていた。お咲からは鎮守の森の際だと聞いていた。シイの木やカシの木陰を歩いていると、男が一人、家の陰に隠れるようにしてぼんやりと暗い木立を眺めていた。浅見たちとそれほど年は違わないようだが、痩せていて一見して病人とわかる顔色をしていた。なにを見ているというわけでもなく、ただ木立の奥にある暗がりに視線を送っているのだが、その目が常人と違っているような気がして、浅見は背中がぞくりとした。

浅見たちの足音に気が付くと、素早く裏口から家の中に入ってしまった。

表に回ってみると、そこが漆原平次郎の家だった。

玄関には平次郎の父親らしい人が出てきた。

事情を話し、「蓮太郎さんと平次郎さんは友だちだと聞きましたが」と言うと、明らかに迷惑そうな顔をする。

「たった今、裏口にいたのは平次郎さんではないのですか？」と紫堂。

父親は紫堂の問いには答えず、「蓮太郎くんは来てない」と短く答えた。

あまりにも素っ気ないので、それ以上なにも訊くことができなくなり、礼を言って漆原家をあとにした。

「なんだよあれ」と紫堂が文句を言いかけた時、うしろから今度は母親らしき人が追いかけてきた。

「うちの主人がすみません。根は悪い人じゃないんです。ただ、平次郎があんなことになってしまって……。蓮太郎さんの居場所がわからないって本当ですか？」

浅見はこれまでのことを手短に話した。

「それで心当たりを捜しているところなんです」

「そうですか。平次郎が入院したばかりの頃は、よく様子を訊きに来てくれたんですが、最近は私たちも会っていないんですよ。それと……」

と母親は声をひそめた。

「平次郎が戻ってきていることは、内緒にしてもらえませんか」

「やっぱりさっき裏口にいたのは平次郎さんなんですね」

母親は苦しげにうなずいた。

霊法は、平次郎がもうすぐ病院から戻ってくると話していた。家に帰っていることは町の人には秘密だったようだ。いずれは知られることになるのに、なぜ隠しておくのだろうか。

「平次郎の兄の長太郎《ちょうたろう》が嫁を取ることになりましてね。嫁は気にしていないようなんですが、実家のほうで平次郎と一緒に住むのなら破談だと、前から強く言われていまして……」

「そうでしたか」

「どこか別の病院に入れるか親戚に預けるか、考えているところなんです」

「別の病院って……」

「平次郎を見たのなら、わかるでしょう？　今は入院前よりも落ち着いていますけど、長太郎のためにもこの家に置いておくことはできないんです」

以前がどうだったのかは知らないが、さっきの平次郎の様子は普通ではなかった。だからといって、再び病院に入れるというのは穏やかではない。

母親は声を殺して泣いていた。

「あの子、優しい子だったんですよ。そりゃあ、いつまでも子供みたいなところがあるけど、いい子なんです。どうしてこんなことになってしまったのか……」

「不知森に入ったから、というのは本当ですか？」

霊法から、その辺のいきさつは聞いていたが、なにぶん、どこまでが事実でどこまでが脚色なのかはっきりしない。

「ええ、本当です。平次郎は不知森に入ってしまったようなんです。なぜそんなところへ入ったのか、よくわからないんですが、うわごとで不知森に化け物がいたとか、化け物に襲われたとか言ってましたけど」

「今は病状も落ち着いているんですよね。その時の話はしないのですか？」

母親は首を横に振る。それきり口をつぐんでしまった。

浅見たちが、「お大事に」と頭を下げると、母親は目を伏せてかすかにうなずいた。

もと来た道を戻り、さっき渡った橋が遠くに見えると、橋の名前、入江橋に改めて思い当たることがあった。

そばの茶屋で暇そうに煙草を吹かしている老人に話しかけた。

「向こうに入江橋というのがありますが、それは昔はこの辺が入り江だったということですか？」

老人は浅見を見上げ、にっこりと笑った。目尻が下がり皺が寄る。

「そうなんだよ。わしの祖父《じい》さんが子供の頃には、ここも湿地でね。アシやガマが生えていたそうだ。だけどももっと昔はすぐそこまで海が迫っていたんだとさ」

「手児奈が生きていた時代ですか？」

老人はますます嬉しそうに浅見に、「うんうん」と人差し指を突きつけた。

「ここらの入り江に身を投げたんだよ。綺麗すぎて命を落とすなんて、因果なもんだねえ。そこに手児奈霊神堂《れいじんどう》があるだろう。安産の神様とか良縁の神様だって言われてるけどね。あそこは手児奈の墓があった場所に建てられたそうだよ。ものすごい昔のことだよ。なんたって、ほら、なんと言ったかな……」

老人はなにかを思い出そうとしているが、なかなか出てこないようだ。白髪頭を掻いて宙を睨《にら》んでいる。

「ええっと、ああ、そうだ。万葉集だ。手児奈の歌が万葉集にも載っているくらい、ものすごい昔のことなんだ。すごいだろう」

老人は「ものすごい昔」を連発する。それほど昔の女性が今はこの地を守護する神となっていることが誇らしいのだろう。入り江のことを訊いた時に、嬉しそうに笑った意味がわかった気がした。

「あんたらどこから来なさった。東京かい？」

「ええ、そうです」

「じゃあ、あれか。平次郎の知り合いなのか？」

浅見は、知り合いではないのだが、平次郎の友だちの綾部蓮太郎を捜していると答えた。

老人は、蓮太郎のことは知らないようだった。平次郎が東京の病院に入っていたことや、同じ年頃の浅見たちを見て友だちかと思ったようだ。

「平次郎は気の毒だがなあ、ああやってそこらを歩き回っているのは、見ているほうも嫌な気分になるな」

老人は渋面を作って首を振った。

「と言いますと？」

「親は平次郎が帰って来たことを秘密にしたいようだから、わしらは知らないふりをしているがな。暗い顔をして時々出歩いているのはみんな知っている。この間なんか三本松のところで、じっと木を見上げているんだ。わしが、どうしたんだと声を掛けると、『首を吊《つ》るにはちょうどいい』ってぼそりと言ったんだよ。ぞっとしたよ」

と口をへの字に曲げて身震いをした。

「平次郎さんが、帰って来たのはいつ頃かわかりますか？」

「そうだな、三月の中頃じゃないのかな」

浅見と紫堂は顔を見合わせた。それは紘葉が失踪する少し前のことだ。又左衛門からは、紘葉がいなくなったのは三月二十日と聞いている。

紘葉の失踪に平次郎が関係しているなどということは、考えてもみなかったが、母親に平次郎が戻って来た日を確かめなかったのは失敗だった。さっきの母親の様子からして、これから戻って訊ねるというのは難しい。

入江橋の向こうには、入り江の名残の湿地が広がっている。

行徳の手児奈と言われた紘葉が、まさか真間の手児奈のように自ら命を絶つなどということがあるだろうか。

浅見は慄然《りつぜん》としてアシの生い茂る湿地を見遣った。

浅見と紫堂は手児奈霊神堂に詣でることにした。小さな社《やしろ》に手を合わせ、浅見は柄にもなく、「どうか紘葉さんを守ってください」と祈った。

5

寛介の住む葛飾村は千葉街道を東に一時間ほど歩いたところにあって、喜楽庵と不知森の前を通ることになる。

喜楽庵に寄り、平次郎のところに行ったが、蓮太郎はいなかった。平次郎が帰ってきていることを教えていいものかどうか迷った。だが、今後蓮太郎が平次郎のもとを訪ねないとも限らない。平次郎がいるなら、その可能性は大きいような気がする。それでお咲と茂太には、内緒だと言われたので誰にも言わないように、と念を押して教えた。

それだけを言うとすぐに店を出た。目を転じると不知森が相変わらず不吉な黒い影を落としている。

紘葉を捜して、蓮太郎は不知森に入ってしまったのではないか。

にわかにそんな考えが浮かんで、浅見は不知森の中をのぞいた。柵に手を掛け、わずかに身を乗り出しただけで、忌まわしい暗闇に捕らわれたような心持ちになる。

黒い木々から垂れ下がるツタは、浅見を誘うように今にも手招きをしそうだった。

「どうした」

紫堂が浅見の腕を摑んで、怪訝《けげん》な顔をしている。

「あ」

我に返り、少し離れて不知森を見た。

こんなふうに紘葉は不知森に入ってしまったのではないだろうか。そして蓮太郎も……。

浅見は頭を振ってその考えを打ち消した。

「さあ、寛介さんに会いに行こう」

6

竹の生い茂る小高い丘の麓に寛介の家はあった。屋根の壊れたひどくみすぼらしい納屋があり、その奥に納屋よりは若干見栄えのする母屋がある。そちらへ歩いて行くと、ちょうど納屋から若い男が出てきた。小柄で四角い頭を短く刈り上げ、目の落ちくぼんだ、ちょっと不健康そうな男だった。この人が寛介ではないだろうかと思って訊ねると、やはりそうであった。

浅見たちが海野又左衛門に頼まれて紘葉を探している、と言うと露骨に嫌な顔をした。

「俺はなにも知らねえよ。あそこを辞めてから行徳のほうへは行ってないしな」

紘葉が神隠しにあったということになっているのも知らなかったようだ。

「海野商会をお辞めになった理由というのは？」

寛介は浅見をギロリとにらんだ。

「聞いたんだろう？　俺がお嬢さんに手を出したとかなんとか。だけど違うからな。俺はただお嬢さんに話しかけただけだ。庭でぼんやりしていたから、どうしたんですか、って訊いたら、涙を、こう……」

と寛介は自分の人差し指を頬に当て、「つつーっと流したんだよ」と声をひそめ、まるで怪談でも語るようだった。

「で、お嬢さんは『寛介さんは悲しい時はどうするの？』って訊くんだよ。俺はあそこに入ってまだひと月もたっていなかったから、俺の名前を知っていてくれたことが嬉しくて、つい調子に乗っていろいろ喋ってしまったんだ」

浅見と紫堂は、寛介が一方的にまくし立てるので呆気にとられていた。

「なんとかお嬢さんを元気づけてあげられないかと思ってだよ。それなのに……」

寛介はその時のこと思い出したのか、奥歯をかみしめて目に怒りをたぎらせた。

「辞めさせられたのですね」

「そうなんだよ。さんざん小突き回されて、お嬢さんとどんな話をしたのかとか、まるで罪人扱いだ」

「紘葉さんは、なにが悲しくて泣いていたんですか？」

寛介は額に深い皺を寄せて宙をにらんでいたが、首を横に振った。

「俺、自分のことばっかり喋ってたな。ただ、あんな大きな店のお嬢さんに悲しいことがあるってことがびっくりでさ。それで慌ててしまったんだ」

そんな言い訳もほとんど聞いてもらえず、放り出すようにして店を追い出された、と寛介は、今度はしょぼくれて肩を落とした。

「兄ちゃんが嫁をもらって人手は足りてるんだ。大した畑もないからな。俺はろくな仕事もしてないのに飯を食うのは肩身が狭くてね」

働き口を探している。どこか雇ってくれるところはないだろうか、と相談された。

「ところで寛介さんを問い詰めたのは、又左衛門さんですか？」

「そうだよ。まるで盗人《ぬすっと》を詮議するみたいにだ。蔵に連れて行かれて、正直に言えなんて殴られたんだよ。それで俺はまたお嬢さんに話したのと同じことを喋らされたんだ。寝小便したのを友だちに知られていじめられたこととか、ドブに落ちて家に入れてもらえなかったこととか。なんでこんなことを喋らなきゃならないんだって思いながら。そうしたら、『そんなくだらないこと、どうだっていい』ってまた殴られた」

源三が言っていたことを思い出す。又左衛門は紘葉に邪《よこしま》な気持ちを抱いていた。それが発覚するのを恐れていたことは間違いない。紘葉が寛介と親しくなって、自分の悪行をバラされてはいないかと、寛介を締め上げたのだろう。

「若旦那も若旦那だ。普段は俺は紘葉の味方だ、なんて言ってるくせにちっともお嬢さんに優しくないし、あの時だって俺には旦那と同じように、本当にいい仲じゃないんだろうな、って脅すように言ったんだからな」

「で、殴られたのかい？」と紫堂。

「いや、殴られはしなかった。だけどネチネチ訊かれて、嫌になっちまったよ」

寛介は吐き出すように言って、「そうか」と我に返ったように続けた。

「お嬢さんは家出したのか」

「あなたは家出だと思いますか？」

「家出だろうよ。あんな家、誰だって出て行きたくなるよ」

その時、納屋の陰から荷車を引いた中年の女が現れた。頰被りをしているので顔は見えないが、背が丸く疲れた感じの女だった。

「頼んでた竹をもらいに来たよ」

女は意外にも若やいだ声だった。

「ああ、ハナさん。それなら裏にまとめて置いてある」

寛介は母屋の方を指さした。

女は軽く会釈をしてそちらに向かう。

女はこの近所の住人らしい。寛介が切った竹を買い取り、笊《ざる》や籠を作って売り歩いているのだそうだ。

女の家も寛介の家同様に貧しく、畑の作物だけでは食べていけないので、ああやって内職をしているという。

竹を積んだ荷車を、女は重い足取りで引きながら帰って行った。

第五章　魔所の死体

1

「寛介さんは、なにも知らないようだな」
紫堂は八幡町に戻る街道を歩きながら言った。腹が減っているらしく、声に力がなかった。

「うん。僕もそう思う。寛介さんに家出だと言われれば、そんな気がしてきたよ。だけどこれまで僕たちは、紘葉さんの行きそうなところを全部まわったと思わないか？　それともまだ、他に行くところがあるのだろうか」

紘葉が家出をしたとして、行きそうなところといえば、まずはおスミのところだ。それから蓮太郎やお咲、踊りの師匠だろうか。そのいずれにも行っていないとなると、あとは浅見の知らない人のところだろうか。

まずは喜楽庵で腹ごしらえをしようと相談がまとまる。すると紫堂の足取りは一転して軽くなった。

「お咲ちゃんの顔を見ながら食べる蕎麦は絶品だからな」

と紫堂は笑いながらしゃあしゃあと言う。

なぜか不愉快になって紫堂を追い越すと、前方に見覚えのある背中が見えた。

早足で近づく。やはり海野清蔵だった。

「清蔵さん、どうしたのですか？　こんなところで」

清蔵はなぜか慌てて、持っていた風呂敷包みを袖の下に隠した。

「ひょっとして、あなたも寛介さんのところに行ったのですか？」

浅見たちのように、寛介に紘葉の居場所について訊きに行ったのかと思った。しかしすぐに、それなら寛介がなにか言うはずだ、と思い直した。

「そんなところへは行ってない」

清蔵は間の悪さを紛らわすように、ぶっきら棒に言った。

「ああ、それでは船橋《ふなばし》ですか？」

葛飾村の向こうにある町といえば、すぐに船橋町が思い浮かぶ。清蔵がどこへ行こうと勝手なのだが、なぜか気になるのだった。それは清蔵の落ち着かない様子が奇妙に思えるからだろうか。

「まあ、そんなところだ」

「そうですか。それでは紘葉さんのことで、船橋警察署へ行かれたのですか？」

清蔵が船橋に行く用事が他に思いつかず、紘葉の捜索について相談しに行ったのでは、と思った。

「あんたには関係ない」

清蔵は怒りを含ませて言い捨てると、ほとんど駆けるようにして浅見たちから遠ざかっていった。

「なんだ、ありゃあ」

紫堂が不快そうに言う。

「だが浅見も、何だってあんなにしつこく訊いたんだ？」

「僕にもわからないんだが、清蔵さんがなにかを隠しているような気がしたんだ」

「なにも紘葉さんに関することとは限らないだろうよ。他に用事があるんだろう」

「僕たちに言えない用事がかい？」

紫堂は、「さあ」と首をすくめた。

喜楽庵にお咲はいなかった。

「可哀想になあ。蓮太郎くんのことが心配で、胸が苦しくなったんだよ」

それで家に帰ったのだと霊法が言う。

霊法は朝からずっとここにいるらしい。

「お咲ちゃんのところへ行こう」

浅見はまるで自分の胸も苦しくなったような気がした。

一刻も早くお咲のそばに行って励ましてやりたい。そんな気持ちが通じたのか紫堂は、

「そうだな、行こう」と同意してくれた。

「しかし蕎麦はどうする。俺は腹が減ったぞ」

浅見は食欲を感じなかったが、腹が減ったという紫堂を急《せ》かして連れて行くのは可哀想だ。

「それじゃあ紫堂はここで蕎麦を食べながら待っていろよ。僕が行ってくるから」

「いやしかし。俺もお咲ちゃんのところへ行きたい。おまえがすぐにでも飛んで行きたい気持ちなのはわかるが……」

浅見と紫堂がしばらく押し問答をしている間に、茂太が手早く塩むすびを作ったらしい。

「さあ、どうぞ」と竹皮に載ったおむすびを差し出した。

「歩きながら食べるといい」

茂太はへの字の眉をさらに下げて目を細めた。

「ありがとう、茂太さん」

紫堂は感激して受け取った。

店を出るとすぐに紫堂は、「さあ、一つ取れ。食欲がなくても食わなきゃだめだ」と浅見の目の前に持って来た。

浅見は茂太と紫堂の心遣いに感謝して手に取った。

握り飯は三つ載っていた。紫堂は二つをあっという間に平らげた。

2

お咲は母親、そして叔父の勇吉《ゆうきち》と三人で話をしていた。勇吉は亡くなったお咲の父、耕《こう》吉《きち》の弟だという。薄暗い居間で、蓮太郎の行方について心当たりを話し合っていたようだ。

「こちらは浅見さんと内田さん。兄さんの友だちよ。一緒に兄さんを捜してくれているの」

お咲がそう紹介するので内心驚いたが話を合わせることにした。紫堂も心得たもので、

「そうなんですよ。蓮太郎くんとは友だちでしてね」と調子を合わせている。

母親の綾部トシは、「へええ」と興味なさそうに紫堂を一瞥《いちべつ》した。火の入っていない長

火鉢に気だるそうに寄りかかっている。病気だと聞いていたので、土気色の顔色を見て心の中でうなずいた。

それにしても蓮太郎と紘葉の仲を母親にも秘密にしていたとは。

「逃げたんじゃねえのか」

片膝を立てて座っていた勇吉が吐き捨てるように言った。色黒で頬がこけた貧相な男だ。拗ねたような目をした感じの悪い男だった。

「逃げたというのは？」

浅見の問いに被せて、お咲が叫ぶように言った。

「兄さんはそんなことしないわ」

「ふん、どうだかわからねえ。あいつは兄貴がお上《かみ》からもらった金を全部自分のものにしちまって、隠しているんだからな。それを持って逃げたに違いないんだ」

「何度も言ったでしょう。兄さんは父さんのことを思ってお金を仕舞ってあるのよ」

「だから、その金はどこにあるんだよ。ちゃんとあるのかどうか確かめてみろよ」

勇吉は持っていた煙管《キセル》を煙草盆に打ち付け、脅すように言う。

浅見は思わず眉をひそめた。

「それは……」

「それみろ。蓮太郎は金を全部自分のものにしちまったんだ。育ててもらった恩も忘れて、とんでもねえやつだ」

お咲は自分の膝の上で手を握りしめている。その手が小さく震えていた。

母親のトシは、娘に助け船を出すわけでもなく、脱力したように板の間の一点を見つめていた。

勇吉は蓮太郎が金を持って逃げたのだと言う。しかし今日の朝に、浅見たちと旅館で会う約束をしていたのだから、それはおかしい。

それとも金を持って逃げなければならない事情が、昨夜のうちに勃発したのだろうか。

「そのお金というのは、どういうものなのですか？」

浅見が訊くと、「うちは以前は農家でした」とお咲は話し始めた。

綾部家は国府台の近くで農業を営んでいた。それほど広い畑ではなかったが、家族がどうにか暮らしていけるだけの広さはあった。その頃はトシも元気で、父の耕吉とともに暗いうちに起き出して、手元が見える間じゅう日没まで働くという暮らしをしていた。蓮太郎も父母と一緒に身を粉にして働き、お咲も家事に畑仕事にと精一杯働いた。

蓮太郎は自分が養子だと知ってからは、家業にいっそう身を入れるようになった。成長するに従って体は大きくなり力も強くなって、耕吉以上に仕事をするので、父母は蓮太郎を頼もしく思い家族の仲は良かった。お咲も実の兄と思って慕っていたのだ。

ところが国府台に大学設置の計画が持ち上がった。東京は本郷《ほんごう》の大学の移転である。綾部家を含む三十戸あまりの農家が対象となり、農地は政府に買い上げられた。大学の建設が着手されるまでは、政府に小作料を払い農耕は続けられた。土地を売った金、そして法外に安い小作料とで暮らしは一気に豊かになった。

見たこともない現金を得た人の中には農業を辞めてしまい、放蕩《ほうとう》し散財する者も出てきた。

「父さんも、あやうくそうなりそうでした。でも、耕す畑があったのが救いでした。それに兄さんも意見してくれたんです。父さんは怒っていましたが、兄さんのいうことが正しいのがわかっていましたから、『晩酌だけはさせてくれよ』なんて笑って言ってました。それまでは、うちはお酒を買う余裕もなかったんです」

数年で大学の建設が始まるはずだった。耕吉は畑仕事の合間に移転先の土地を探して忙しく歩き回っていた。そんな頃、大学の建設は中止となった。汽車も通っていない国府台に通勤するのは不可能だ、と東京大学の教員が反対したのだ。

「そんなこと、最初からわかっていたことじゃないですか」

浅見は驚き呆れて口を挟んだ。

「そうなんです。お上がどう考えていたか、私たちには知りようがありませんが、とにかく大学の建設は中止になりました。その頃からなんです。父さんの様子がおかしくなったのは」

耕吉は莫大な現金を手にしても、変わらずに畑仕事にいそしみ、毎日の晩酌を楽しみにする堅実な生活を送っていた。いよいよ移転となれば、新しい土地で新しい生活が始まる。そんなふうに心は希望に満ちていたのだ。

ところがその希望は打ち砕かれ、先の見えない生活が始まった。それが耕吉の精神を蝕《むしば》んでいった。酒量が増え仕事は怠けがちになった。

そんな生活が数年続いた後、国府台の土地は文部省用地から陸軍省の付属地となることが決定した。綾部家同様、まだそこに残っていた数軒の農家は移転料を受け取り、いよいよ別の土地に移ることになった。

しかし綾部家が買おうとしていた土地は、すでに値が上がり、借金をしなければ買えなくなっていた。そしてなによりも耕吉は酒のせいで体を壊し、とても畑仕事ができる状態ではなくなっていたのだ。そのうえ母のトシも病に倒れ、綾部家の働き手は蓮太郎とお咲だけになってしまった。

「お医者さんがお酒をやめないと死んでしまうって言っても、父さんはやめませんでした。

家族で話し合って、畑は諦めてここに引っ越してきました。ここなら兄さんと私の働き口がたくさんありますから」

耕吉の飲酒は止まらず博打にも手を出すようになり、蓮太郎は家にあった金を耕吉の手の届かないところに隠すことにした。いずれは小間物屋か牛鍋屋か、小さな店を買って商売を始めるつもりだったのだ。そのためには、これ以上金を減らすわけにはいかなかった。

そうこうしているうちに、耕吉の病は悪化して亡くなってしまったのだという。

「そんな話、他人にしてどうするんだい」

トシが口元を袖で押さえ、力のない咳をしながら言った。

お咲はトシの肩を抱いて立ち上がらせた。

「だって、この人たちは兄さんを捜してくれるのよ。さあ、もう布団に入って」

隣の部屋には布団が敷いてある。雨戸が閉めてあるのか暗い部屋だった。そこへトシを寝かせると、そっと襖を閉めた。

「だからそんなことより金はどこにあるんだよ」

お咲は閉めた襖の前でうなだれていた。

「それ見ろ。蓮太郎は金を持ち逃げしたんだよ。どこの誰ともわからんやつを養子になんかするからだ」

勇吉の言葉は、浅見にはとても容認できるものではなかった。たった一度話をしただけだが、誠実な話しぶりは、そんなことをするような人物とは思えない。

しかしお咲は勇吉に反論することなく、唇を噛んでうつむいていた。

その時、玄関に客がやってきた。

お咲が居間の引き戸を開けて、「どちらさま……」と言いかけ、腰を抜かしたように、そこに座り込んだ。

客の姿は浅見のところからも見えた。黒い詰め襟に金の釦《ボタン》が光る巡査だった。カイゼル髭《ひげ》をはやし、腰には銀色に光るサーベルを下げている。その威厳ある姿を見ただけで、なにも悪いことはしていないのに、だれでもたじろぐのだが、お咲は蓮太郎の身に何かあったのではないかと予見して座り込んでしまったようだ。

「綾部蓮太郎の家はここかね」

お咲ががくがくとうなずく。お咲一人に応対させておくのは可哀想だ。しかし勇吉もまた脅えて座ったまま後ずさりしている。

巡査の野太い声にトシも驚いたのか、隣の部屋から這《は》い出てきた。

浅見は、「蓮太郎さんがどうかしましたか」とお咲の横に立って訊いた。その間に紫堂が気を利かせて、お咲を居間の方へ連れて行った。

「お前はこの家の者か？」

「いえ、僕とこの内田は蓮太郎さんの友だちです。あちらがご家族です。僕たちは今朝、蓮太郎さんと会う約束をしていたのですが、約束の場所に来ないので捜しているところなのです」

話なら自分たちが聞きましょう、という態度で、「蓮太郎さんがどうかしたのですか」ともう一度訊いた。

「そうするとお前たちが、ゆうべ蓮太郎と会っていた者だな」

巡査は、後ろに控えていた二人の若い巡査に命じた。

「この二人に縄を掛けろ」

3

訳もわからず連れて来られたのは船橋警察署だった。どうやら綾部蓮太郎の遺体が発見されたらしいのだが、事情を訊かれるだけなら、市川《いちかわ》分署で済むのではないだろうか。はるばる船橋まで連れて来られたのは、考えたくはないが、自分たちは容疑者になっているということだろうか。

紫堂とも別々にさせられ、暗くひんやりした、たぶんここは取調室なのだろうが、さっきから一人、放っておかれ不安は頂点に達していた。

『なぜこんなことに。いったい何を疑われているのだろう』

心の中で繰り返すが、答えはわかっていた。

蓮太郎と最後に会ったのは、自分と紫堂なのだろう。昨夜、蓮太郎が一人で旅館を出て行ったと証言した者はいなかったということだ。夜遅かったために、仲居に見られることなく外へ出てしまったのだ。

その蓮太郎が今日になって遺体で発見されたらしいことは、警官どうしの会話でなんとなくわかる。『遺族に確認を』とか『今は安置所に』という言葉が聞き取れたからだ。

それでは僕たちは容疑者なのか、と考えそうになり激しく首を振る。そんなはずはない。ただ、自分たちが最後に会ったというだけで犯人と疑われるはずはない。これは、単に事情を訊かれるだけなのだ。浅見はそう自分に言い聞かせて、必死に心を落ち着かせた。

しかし刑事が部屋にやって来ると、あからさまな犯人扱いに愕然《がくぜん》とした。

男は黒っぽい縞の着物に黒い鳥打帽《ハンチング》という、いかにも刑事らしい出で立ちだ。四十代半ばで、頬に大きな傷があり、その傷が耳の方まで伸びていて耳が半分切れていた。それだけでも相当に威圧感があるのだが、小柄で丸顔の刑事の目は鋭く、そして冷たく浅見のすべてを見通すようだった。

浅見はその刑事を見た途端に震えあがった。やくざ者のほうがよほど優しい顔をしていると思った。身の潔白はいつでも証明できる、と思っていてもなぜか体が震える。

「綾部蓮太郎とはどういう関係だ。友だちではないんだろう」

ある程度のことは調べてあるようだ。

「たしかに友だちというのは語弊があります。僕たちは昨日、初めて会ったわけですから」

「どういう関係なのか、話してもらおうか」

浅見は海野又左衛門に紘葉の捜索を頼まれたこと。八幡町で関係のある人を訪ね、綾部蓮太郎が紘葉と恋仲であることがわかり、話を聞いていたこと。今朝もう一度、仕事の前に会うことになっていたことを話した。紘葉とのことは伏せておくべきかと迷ったが、ここは包み隠さず話したほうがいいと判断した。

刑事は首をひねって、浅見を斜め上から見る。

「なんで海野紘葉の捜索を、あんたが頼まれたんだ？」

「ぼ、僕は探偵業をやっているんです」

こんなことを言って、馬鹿にされたり、ふざけるなと怒鳴られたりするのではないかと、つい弱気になってしまった。

だが刑事は変わらない態度で、ただ「ふん」と言っただけだった。

紘葉の友だちが東京の下宿先の娘であるので、彼女からも頼まれたのだと説明した。

話は昨夜の蓮太郎との会話の内容になった。浅見は蓮太郎がした話を、できるだけ詳細に順を追って話した。

蕎麦屋の、木村茂太の妻、お多佳が自分の母親であること。お多佳が父親だという男を連れて、牛鍋屋にやって来たこと。仕事が引けたあと松川旅館で落ち合うことになっていたが、お多佳も父親も来なかった。そしてそれきりお多佳の姿を見ていないことなどである。

「お多佳さんと父親が牛鍋屋に来たのはいつですか、と訊きますと、自分は日記をつけているので、家に帰り確かめてみると言っていました。そして今日の朝、仕事の前にもう一度旅館に来てくれることになっていたのです」

刑事は黙って聞いていたが、表情に変化はなく何を考えているのかわからなかった。それがまた浅見の不安を掻き立てた。

「あのう……蓮太郎さんは亡くなってしまったのですか？」

浅見はおずおずと訊ねた。

刑事がギロリと浅見をねめ付ける。かすかにうなずいたようにも見えた。

「いったい、どうして……」

浅見が言いかけた時、取調室の引き戸ががらりと開いた。

「中田《なかた》さん、署長がお呼びです。お出迎えの件だそうです」

「そうか」

中田と呼ばれた刑事は腰を上げ、「あっちはどうだ」と訊いた。

「だいたい終わりましたので、留置場に入れておきました」

中田よりもひとまわり若く見える刑事は、卑屈に背を曲げて答えた。

あっちというのは紫堂のことではないだろうか。

だいたいの話を聞き終え、留置場に入れられたということか。そして浅見も聴取が終われば そこに入れられるのかもしれない。


自分たちがこんなにひどい扱いを受けるということは、やはり容疑者なのか。そして蓮太郎は何者かに殺されたということなのか。

中田という刑事に、はやく続きを訊きたい、と気持ちは急《せ》くが、中田と若い刑事の話はなかなか終わらなかった。

取調室の戸は半分開いたままで、二人は廊下で話をしている。

「……そうか、それで視察が今日になったということか。しかたあるまい……」

「……ですから、署長が……」

「うん。警保局長がじきじきにというのは……」

話はところどころしか聞こえないが、どうやら急に警保局長が船橋署を視察に訪れることになって、署員が慌てているらしい。

浅見は天の助けが現れたような気がした。しかし次の瞬間、留置場に入れられている自分の姿を想像して天の助けなどではなく、むしろ厳しく叱責されるのではないかと身がすくんだ。

警保局長といえば一人しかいない。浅見元彦の兄、浅見陽山《ようざん》である。

十四歳年上の兄は、幼少の頃から優秀で神童と呼ばれていた。陽山は周囲の期待に応え、東京大学法学部を優秀な成績で卒業し、警察官となったあとは、またたく間に内務省警保局長までのぼり詰めたのだ。警保局長といえば全国の警察を統括する立場である。三十八歳にしてこの地位に就くのは驚異的なことだった。陽山は頭脳が優秀なばかりでなく人格に優れ、人間味のある優しさも兼ね備えている。それと同時に情に流されない冷徹なまでの理性も持っていた。

このできの悪い弟にも、いつも優しく接してくれていたが、殺人容疑で留置されていると知ったら陽山はどれほど失望するだろう。いや、失望などと生やさしいことを言っている場合ではない。警保局長としてのメンツを潰しかねないのだ。

「わかりました。話を聞いたら、こいつもぶち込んでおきます」

二人の刑事の立ち話は終わったようで、若いほうが浅見を顎で指し、中田に最敬礼した。

そして浅見の前に座った。

「で、綾部蓮太郎とはどういう関係なんだ」

「あのう、中田さんという刑事さんに、たった今話しましたが」

「もう一度言うんだ」

若い刑事は、顔は中田よりも若干優しげだが気は短いようで、唾を飛ばして怒鳴った。

仕方なく浅見は、さっきと同じ答えを繰り返した。問われるままに昨夜の、蓮太郎との話の内容も寸分違《たが》わず話したのだった。

「それで蓮太郎さんは、亡くなったのですか?」

「質問するのは俺だ」

「あの、でも……。教えてください。お願いします。どこでどうして亡くなったのですか?」

刑事は小馬鹿にしたように、「ふふん」と笑った。

「おまえ、探偵だそうだな。あんたの生意気な相棒が言ってたぞ。素人が、小賢しい」

あまりの言いように腹は立つが、ここはぐっとこらえて頭を下げた。

「お願いします。蓮太郎さんはどうなったのですか？」

「まあ、いいだろう。教えてやろう。綾部蓮太郎は不知森で首吊り死体で発見された」

「首吊り……。それでは自殺なのですか？」

「いや、違う。首を吊った状態で発見されはしたが、いろいろと不審な点があるからな。自殺じゃない」

「どういう点が不審なのですか？」

「探偵気取りか。ふざけるな」

刑事は卓子《テーブル》を叩いて怒鳴った。そのまま立ち上がると、浅見の腕を掴んで立たせた。

「さあ、お仲間のところへ連れて行ってやる。そこで大人しくしているんだな。今日は忙しいんだ。続きは明日だ」

「ま、待ってください。留置場に入れられるんですか？　どうしてですか。ただの参考人でしょう？　今日は帰してもらえないということですか？」

「だから言っただろう。今日は忙しいんだ」

「警保局長がこれから、ここに来るからですか？　だったら会わせてもらえませんか？」

刑事は浅見をにらみつけた。中田よりも目が大きい分、その目には迫力があった。

「局長殿を気安く呼ぶな。おまえなんか、お目に掛かることもかなわない偉いおかたなんだぞ」

「だから、局長に……」

「黙れと言ってるんだ」

乱暴に背中を小突かれ、留置場に連れて行かれた。

そこには紫堂がいた。

四畳半ほどの部屋で板の間に畳が二枚置かれ、奥には手洗いと便器がある。

刑事は格子状の扉の鍵をガチャリと掛けた。

「明日まで、そこで大人しくしておれ」

「浅見、ひどい目にあったな」

「うん、もっとひどいことには、兄がこの警察署に視察に来るらしい」

「ええっ、おまえの兄上が来るのか？　そりゃあ、ありがたい」

「ありがたいものか。もしもこんなところを兄に見られたら、僕は叱られるに違いない。それに兄に迷惑を掛けてしまう」

「俺たちはなにも悪いことはしていないんだ。迷惑なんて掛かるものか。俺に任せておけ」

そう言うと紫堂は格子に顔をくっつけて大声を張り上げた。

「おおーい。瀬崎《せざき》さん。瀬崎さんよお」

さっきの若い刑事が瀬崎という名前らしい。紫堂の訊問をした刑事だという。

「聞こえてるんだろう？　さっさと来たほうがいいぜ。あんたのためだ」

浅見は目を剝《む》いた。紫堂はこんな口のききかたをしていたのか。それで瀬崎は、浅見に対してもああいう物言いだったのだ。

少しして瀬崎が仏頂面で現れた。

「なんだ」

腕組みをして凄《すご》んでいる姿が恐ろしい。

「俺たちをすぐにここから出したほうがいいぞ」

「なんでだよ」

瀬崎が鼻で笑う。

「笑ったな」紫堂も不敵に笑う。

「このあと警保局長がここに来るらしいな」

「それがどうした」

「この男の名は浅見だ」と紫堂は浅見の肩に手を置いた。

「ほう、そうかい」

「おや、きみは警保局長の名前を知らんのかね」

「馬鹿な。知っているに決まっているだろう。浅見……。ふん。たまたま同じ名字だから
なんだというんだ」

「たまたま？　そう思うのかい？」

瀬崎の頬がひきつった。

「当たり前だ。警保局長の名字とたまたま一緒なんで、遠い親戚だとか言うつもりなんだ
ろう。ふざけるなよ。おまえらの魂胆はわかっている」

「瀬崎さん。この男をよく見てくださいよ」

紫堂は、浅見の頭を手で押して格子のそばに近づけた。

「よせよ」

浅見は小声で抵抗する。

「どうだい、瀬崎さん。浅見は一見、優男に見えるが、なかなかどうして芯が強そうだろ
う。頭脳明晰、観察眼は常人を超えている。そのうえ武術の達人だ。そしてなによりも浅
見陽山警保局長に面差しが似ているだろう」

瀬崎は目を眇《すが》めて浅見を見たあと、自信なげに首を横に振った。

「いやあ、これは失敬。きみのような下っ端の刑事が、浅見局長のご尊顔を拝することもないだろうからね。知らないんだろう」

図星だったようで、瀬崎は嫌な顔をして横を向いた。

実際のところ、浅見と兄とはあまり似ていなかった。紫堂にさんざんに言われる瀬崎が、ちょっと気の毒になってきた。

「俺たちを早くここから出したほうがいいぜ。可愛い弟とその親友が、こんなところに入れられていると知ったら、浅見局長はなんて言うだろうな。『ここに入れたやつを連れて来い』とかなんとか、お怒りになるだろう」

瀬崎は目に怒りを滲《にじ》ませ、慌ててどこかへ行ってしまった。

「紫堂、あんな言い方をして大丈夫なのか？」

留置場に入れられてしまったのも、紫堂の態度が気に食わなかったからではないかと浅見は思った。

「大丈夫、大丈夫。なんたってこっちには局長の弟がいるんだからな。それに、あの瀬崎というやつは、ああやって虚勢を張っているが、実は気の弱いやつなんだ」

紫堂の言う通りかもしれない。ああやってすぐに怒鳴るのは、弱いところを見せたくないからなのだろう。だが勘弁してほしいと思う。大きな声を出されたからといって、屈伏するようなことはないが心臓に悪い。

「あいつら聴取の時間がないから、俺たちをここに一晩泊めるつもりだったんだ。そんなことをされてたまるものか」

紫堂は鼻息も荒く憤慨している。

そこへ中田がやって来た。うしろに隠れるように瀬崎もついて来る。

中田は物も言わずに格子扉の鍵を開けた。

「出ろ」

瀬崎の話を聞いて浅見たちを出すことにしたのだろうが、まったく態度も表情も以前と変わらないので、よけいに不気味だった。

浅見たちは二階の小さな部屋に通された。

「ここで待っていろ。お前たちの住所は調べてあるから、逃げても無駄だからな」

「そんなことしませんよ」

中田の静かでドスの利いた声に、紫堂もこれまでのしゃべり方を改めて、落ち着いた言い方だった。

二人の刑事が出て行くと、廊下を署員が忙しなく行き交う音が聞こえてくる。大きな声で、「警保局長殿が」とか「お出迎えに」などと言い合っている。

窓から外を見ると、ちょうど正面玄関が見える。庁舎から出てきた署員が、「お出迎え」のために整列をしているところだった。

「俺たちもお出迎えしようぜ」

紫堂が出口に向かっていく。

「そんなことしていいのか？　ここで待っていろと言われただろう」

「構うものか」

戸を細く開けて廊下を窺っていた紫堂は、しばらくすると、こっちに来いというように手を振った。

「行くぞ」

浅見は渋々あとをついて行く。

署内は深閑としていた。ほとんどの署員が警保局長を出迎えるために外に出てしまったようだ。

玄関の前には制服の警官がずらりと並んでいる。中田や瀬崎の姿もある。

瀬崎がこちらに気づき、「あっ」と声を出さずに般若のような顔になった。

ちょうどその時、黒塗りの馬車が到着した。

浅見陽山が降りてくると、警官たちに緊張が走る。全員が一斉に敬礼をした。陽山の表情は普段、浅見が見ていたのとは違い、凜とした厳しさをたたえていた。

「かっこいいな。お前の兄上は」

紫堂は小声でそう言うと何を思ったか、陽山に向かって両手を大きく振った。

陽山はそれに目を留めた。隣にいる浅見にも気が付いて、ふっと一瞬優しい目になった。その目はいつもの陽山で、浅見の心がじわりと温かくなる。

しかし陽山はすぐに仕事用の顔に戻って、署長らしき人と署内に入って行った。

瀬崎が驚愕の目でこちらを見ていた。

4

「弟が迷惑をかけたようですね」

浅見陽山は、革張りの安楽椅子にくつろいだ様子で腰掛けていた。

そばに立っている署長らしき人が、「いえ、とんでもございません」と恐縮して頭を下げた。

浅見と紫堂は二階の部屋でかなりの時間を待たされたすえに、ようやくこの応接室に通されたのである。

陽山は船橋署での仕事を終え、ようやく弟と会う時間がとれたようだ。

「元彦がここにいるとは驚いた。なぜなんだね」

「おスミちゃんの友だちが行徳にいるのですが、彼女が行方不明なのです。その捜索を頼まれまして、いろいろと調べていました。八幡町の不知森の近くで目撃されたのが最後なのです。そして今日、その人とごく近しい人が遺体で発見されたようなのです」

「その人、綾部蓮太郎っていう人なんですが、昨夜、俺たちと会ったあとに死んでしまったようで、なんだか俺たちが疑われているみたいなんです」

紫堂はちらりと署長に非難がましい目を向けた。

「疑うなんて、とんでもございません。ただ、事情を伺っていただけで」

署長は額に汗を浮かべて弁解した。

陽山はこの件に興味を持ったようで、絃葉がいなくなった経緯や、蓮太郎との関係をいろいろと質問した。そして最後に、「まあ、しっかりやりなさい」と締めくくったのだった。

警保局長が帰ってしまうと、署内は弛緩した空気に包まれた。三々五々帰宅する署員もいるが、中田と瀬崎は浅見たちの対応を命じられたようだった。

多分、兄からできるだけ協力してやって欲しい、というようなことを匂わされたのではないだろうか。ますます兄には頭が上がらない、と浅見は肩を落とすのであった。

「お忙しいのに申し訳ありません。いくつかお訊きしたらすぐに失礼しますので」

浅見は頭を下げた。

「いえいえ、いいんですよ。どうぞご遠慮なく」

瀬崎は打って変わって親しげな笑顔を向けてくる。一方で中田は、相変わらずの無表情で、「この瀬崎がなんでも答えますんで」と言って帰って行った。

浅見はまず、蓮太郎の死体の発見状況を教えてもらった。

「被害者は、不知森の木に首を吊るされた状態で発見されました。発見者は不知森の向かいにある蕎麦屋の主人です」

「ええっ。茂太さんが？」

「お知り合いですか？」

「はい。お蕎麦を食べに行ったり、お話を聞いたり……」

「そうですか。木村茂太さんは不知森の前にいた知人を見つけて、声を掛けたそうです。それでなにげなく森の中を見たら、綾部蓮太郎がぶら下がっていたと言ってました。腰が抜けたと言ってましたよ」

「不知森の中にですか？」

「ええ、街道から十メートルほど中に入ったところです。遺体を下ろした時の縄の状態は

「……」

「ちょっと待った」

紫堂が割って入った。

「遺体を下ろした？」

「ええ、そうですよ」

瀬崎は当然だというように言う。

「ということは、不知森の中に入ったんですか？」

「入りましたよ。大変な騒ぎでした。まず、八幡宮の禰宜《ねぎ》を呼んできたんです。お清めの塩を撒いて、それから祝詞《のりと》を上げて、大幣《おおぬさ》でばさばさとお祓《はら》いをしてもらいました。それから中に入ったんですが、もう、みんなおっかなびっくりで。ご遺体を下ろす間も祝詞が続いていましてね。本当にこれで大丈夫なのか、って生きた心地もしませんでしたよ」

「大丈夫なのか、というのは……あれですか。やっぱり呪われるんじゃないか、とか、そういうことですか？」

紫堂はさも怖そうに首をすくめた。

瀬崎が大きくうなずくのを見て、紫堂は身震いをする。

「それで縄の状態はどうだったのですか？」

浅見が話を遮るように言うので、紫堂と瀬崎はしらけたような、あるいは我に返ったようなどちらともつかない顔になった。

瀬崎は話を続けた。

「さっきも言いましたように、自殺じゃないのはすぐにわかりました。普通は木に縄を掛けて輪にして、そこに首を入れて踏み台かなにかを蹴って首を吊りますよね。だけどそういう踏み台になるような物はなかった。それに縄の掛かっていた木の枝には、縄を引いたあとが残っていました。縄を引いて被害者を吊るし、その端を木に縛り付けて固定していました。そして被害者の首には、二本の索条痕があったのです」

「ということは……」

「ええ、そうです。縄で首を絞められて殺され、そのあとに吊るされたのです。昨夜のうちに殺されて、不知森に吊るされたのでしょうな」

「昨夜のうちに、ですか？　それはどうでしょう。僕は今日の昼頃、あそこの前を通りましたが、蓮太郎さんの遺体は見ていません」

「いや、しかし不知森の中は暗いですからね、見えなかっただけかもしれません」

平次郎の家から戻り、寛介のいる葛飾村に向かう時、不知森の中を覗いた。紫堂に注意されるくらいに身を乗り出していたのだが、なにも見ていない。見えなかっただけかもしれない、と言われれば自信がなくなる。だが、明日は茂太に頼んで遺体があった場所を教えてもらうことにした。

「木村さんが発見したのは何時頃ですか？」

「午後の二時過ぎです」

それは、お咲が喜楽庵から実家に戻ったのを知り、浅見たちがそちらへ向かった直後だ。

あまり遅い時間になっては瀬崎に申し訳ないので、今日はこれで辞去することにした。

瀬崎も帰宅するというので一緒に署を出た。

正面玄関を出ると、陽山が到着した時の警察官たちの物々しさを思い出す。

「兄はこちらに視察に来たそうですが、そういうことはよくあるのですか？」

「いいえ。初めてですよ。実は先日、自由党の政談演説会が船橋でありましてね。会場は、もう、満員でした。途中、治安を乱すという理由で演説の中止を命じられた弁士もおりましたが、おおむねつつがなく演説会は進んでいきました。ところが、板垣退助《いたがきたいすけ》氏が演説を始めると、暴漢が壇上に躍り上がったんです。そいつは氏の胸ぐらを掴んでねじ伏せようとしました」

すぐに警官や他の弁士たちが暴漢を取り押さえたのだが、興奮した満員の聴衆が演壇に上るなどして大混乱になったという。

瀬崎はその会場の警備に駆り出されていたそうで、ひどい目に遭ったとぼやく。

「加波山《かばさん》事件があったでしょう」

瀬崎は続ける。

「あの事件の首謀者が千葉で匿《かくま》われていましたからね。まあ、ピリピリしているわけですよ」

加波山事件というのは、明治十七年、過激な自由党員が、県令（知事）三島通庸《みしまみちつね》の暗殺を計画して加波山にたてこもり、その後、栃木県庁を襲撃しようとした事件だ。たしか七名が死刑になったはずだ。

今夜は紫堂と一緒に留置場に留め置かれるはずだったが、兄のおかげで、こうして帰ることができるし、瀬崎には事件のことをいろいろ教えてもらえた。兄に迷惑が掛からなかったか、と少々心配ではあるが、なんにせよありがたいことだった。

瀬崎とは成田街道で左右に分かれた。

「瀬崎さんはいい人だなあ。なんでも訊いてください、なんて言ってくれた」

浅見が言うと紫堂は面白くなさそうに口を尖らせた。

「俺はそうは思わないね。警保局長がおまえの兄上だと知ってから、急に態度が変わったじゃないか。それに浅見が探偵だと言うと、なんて言ったと思う？　近頃はこういう手合いが多い。探偵小説なんぞという愚にもつかないものが流行っているからだ。あんなものを読んでいるうちに人を殺してみたくなったのだろう、と、こうだぜ。ひどいだろう」

「ひどいな」

浅見も顔をしかめてみせる。

日はすっかり落ちて、あたりは夜の闇に包まれようとしていた。

第六章　子育て善兵衛

1

喜楽庵の戸を開けると、茂太と霊法がぎょっとしてこちらを見た。まるで幽霊でも見るような顔だ。

「ええっと、どうかしましたか？」

浅見はどぎまぎして訊いた。

「いま、あんたらの話をしていたところなんだ」

霊法が言う。

「僕たちの、ですか？」

「どうも留置場に入れられたらしいという話を聞いていたんで、今日は帰って来られないんじゃないかと思っていたんだ」

「まあ、そんな感じではありましたけれど」

「俺たちのせいで、あんたらに疑いが掛かってしまったんじゃないかと……」

霊法が気まずそうに頭を掻くと、茂太も申し訳なさそうに目を伏せた。

「詳しく聞かせてもらいましょうか」

紫堂は、霊法の前の席にどすんと座った。浅見も隣に座る。

「警察に訊かれたんで、正直に話しただけなんだ」

茂太は表の暖簾《のれん》を下ろして、浅見の前に座った。閉店の時間には間があるが、今日はもう閉めるらしい。

「昨日の夜、蓮太郎くんと松川旅館で会っていたこととか、今朝、約束の時間に来なかったこととか。だけど……」

「だけど、なんですか？」

浅見は身を乗り出して訊いた。

「一つ言わなかったことがあるんだとさ」

霊法が自分の猪口に酒を注ぎながら言う。

「言えなかったんだ」

茂太はがっくりと肩を落とした。茂太が遺体を発見した折のことで、警察に言わなかったことがあるという。

「その時は表戸を開けていたんだ。俺は、そこの調理台のところにいた。そこからはちょうど不知森の鳥居のあたりが見えるんだ。そこに平次郎によく似た男が立っているのが見えた。浅見さんから平次郎が八幡町に帰ってきていると聞いていただろう？　だから確かめに行ったんだ。人相は変わっていたけど平次郎だった。それで、『こんなところでなにをしている』と訊いた。だけど平次郎は返事をしなかった。なんだか落ち着かない様子だったよ。病気のほうはもういいのか、とか訊きたいが、訊いていいものかわからなくて、俺も困っていた。なにげなく不知森のほうに顔を向けると」

そこで茂太は言葉を切って、大きく息をした。

「人が……ぶら下がっていたんだ」

「警察には知人とだけ言って、平次郎さんだったとは言わなかったのですね」

警察は、単に街道を通行していた知人と思ったのだろう。

「それで俺たちに嫌疑がかかった……。ということは、茂太さんは平次郎さんが怪しいと思っているのか？」

紫堂は茂太の顔をのぞき込んだ。

「いや、怪しいとは言わないよ。だけど、あそこでぼんやり立っていた、と俺が言ったらきっと平次郎は警察に連れて行かれただろう。留置場に入れられたのは平次郎だったかもしれないと思ったんだ」

「なぜ言わなかったのですか？　平次郎さんがいたことを」

茂太は平次郎を疑っているように見える。平次郎が実家に帰って来た日は、紘葉がいなくなる少し前だったようだ。紘葉の失踪と蓮太郎の死に、関係があるかどうかはわからない。しかし、茂太がそれを知っていたら、遺体の近くに平次郎がいたことを警察に話したかもしれない。

浅見の問いに茂太は唇をなめてから答えた。

「もし平次郎が警察に連れて行かれたら、ちゃんと自分のことを弁護できるのか心配だったんだ。俺が話しかけた時も、なんだか目が虚《うつ》ろだったし、最近まで病院に入っていたと警察が知ったら……。どんなことになるかと思って言えなかった」

「俺も平次郎がいたことを、茂ちゃんから聞いていたが警察には言わなかった」

霊法もすまなそうに眉を下げた。

「だけど警察があっさり釈放してくれたのは、どういう訳なんだ？」

「それは……。ちょうど僕の兄が船橋署に来まして、身元を保証してくれたからなんです」

茂太と霊法は、「へええ」と言いはしたが、納得しかねるようだった。

「ところで茂太さんにお訊きしたいことがあるのです」

浅見は話を変える。

「蓮太郎さんの本当のお母さんの話です」

「ああ、お多佳が実の母だってやつ？」

茂太はちょっと迷惑そうな顔をした。

「思い込んでいるからしょうがないんだ。違うって言ったんだが、信じないんだよ」

「違うのですか？」

浅見は驚いて聞き返した。

「ああ、違うよ。蓮太郎くんが生まれた頃は、お多佳は東京にいたんだ。お多佳がこっちに来たのは明治十四年で、友だちに誘われて醬油工場で働き始めた」

「明治十四年というと、蓮太郎さんは十歳くらいですね。その頃、お多佳さんに初めて会ったらしいですよ」

浅見は蓮太郎から聞いた話を思い出しながら言った。

「へええ、それじゃあ俺より先にお多佳に会っていたってことか」

茂太は肩を揺すって笑った。

茂太がお多佳と会ったのは明治二十年頃、たまたま芝居小屋で隣り合ったのがきっかけだった。意気投合した二人はすぐに結婚して、親の用意してくれた新居で暮らし始めた。だが去年の秋に、茂太が仕事から戻ってくるとお多佳はおらず、それきり帰ってこなかったという。

身のまわりのものをほんの少し持って行っただけで、なにも言わずにいなくなった、と茂太は寂しそうにうつむいた。いなくなった妻の身を案じているのだろう。

「お多佳さんはもとは東京にいた、って蓮太郎さんに教えなかったんですか？」と紫堂。

「うん。なんだか蓮太郎くんが気の毒でね。お多佳を母親だと思いたいのなら、それでもいいかなと」

「東京からこちらに一緒に来たお多佳さんの友だちというのは、いまどちらに？」

「昔のことだからな。お多佳からはなにも聞いてない。東京に戻ったんじゃないのかな。あいつに友だちがいるなんて話は聞いたことがないから」

お多佳は友だちもおらず、東京に親族や縁者がいるわけでもなく、天涯孤独の身だという。

「茂太さんには辛いことかもしれませんが、やはりお伝えしておきます」

浅見の言葉に、茂太は神妙な顔を向けた。

「お多佳さんはある男性を連れて来て、この人があなたのお父さんだよ、と蓮太郎さんに言ったそうです。その日、仕事が終わったあとに松川旅館で、三人で会う約束をしていたそうですが、結局二人は来なかった。そしてそのあとお多佳さんの行方もわからなくなったそうです。その男性に心当たりはありますか？」

茂太は唇を引き結び、首を横に振った。

「お多佳さんは男と逃げた、と言っていたそうですが、相手はその男性なんでしょうか」

「いや、俺は知らないんだ。相手がだれなのかは。ただ、お多佳は好きな人ができたから別れたいと言っていた。その直後にいなくなったんで、男と駆け落ちをしたのだろうと思っていた」

浅見は蓮太郎から聞いた男の特徴を話したが、やはり茂太には心当たりがないということだった。

「そうですか。茂太さんはお多佳さんの居場所を知っているんじゃないか、と言っていましたが」

「なんでそんなことを言うんだろうな」

茂太は首をひねっている。

蓮太郎は、『あの時、たしか茂太さんは』と言いかけて、明日ゆっくり話すと言って帰ってしまったのだ。

2

その夜も松川旅館に泊まった浅見と紫堂だったが、二人ともなかなか寝付けなかった。一日中あちらこちらと飛び回ったすえに、行き着いたのが留置場だったという、実に驚くべき展開だった。疲れているはずなのに妙に頭が冴えていた。

「お多佳さんは、なぜ自分が母親だと言ったんだろうな」

紫堂は間延びした声でひとり言のように言った。

「なぜ、なんのために言ったのだろう。それに父親だと言って連れて行った男はだれなんだろう」

「そうだよな。お多佳さんが実の母じゃないのなら、その男だって父親じゃないと見るべきだよな。明日は茂太さんに死体の発見状況を教えてもらうんだろう？　平次郎さんが不知森のところにいたなんて驚きだな」

「うん。真間の茶屋にいたおじいさんは、平次郎さんが三本松のところにいたのを見たと言っていた。もしそういうことがたびたびあるのなら、あそこから不知森までは一本道だし、歩いてもさほどかからない。不知森のところにいても不思議はない。だけど、なぜ死体が発見されるちょうどの頃合いで、そこにいたのかということだな。警察は昨夜から吊るされていたとみているようだけど、僕はそうではないと思うよ。僕たちが寛介さんの家に向かって出発したあとだと思う」

帰り道にも不知森の前を通ったが、森の中をのぞき込むようなことはしなかった。もしその時に見ていたら、死体が吊るされた時間をもっと正確に知ることができただろう。

「平次郎さんは犯人を見ただろうか」

浅見は言ったが、実はずっと心の底で思っていたことがある。それを紫堂が言う。

「平次郎さんが犯人だったりして」

それは茂太も多少なりとも思っていることではないだろうか。東京の病院に入院する前は、暴れて手が付けられなかったと聞いている。浅見たちが弘法寺で見かけた時も、とても正常といえる顔つきではなかった。自殺願望もあったらしい。そういう精神状態なら友だちを手に掛けることもないとは言えないだろう。

「明日はお咲ちゃんのところへも行こうな。元気づけてあげよう……」

紫堂は眠りかけているようだ。声はもう夢の中に入りかけていた。

だが浅見にまだ眠りは訪れそうになかった。

3

翌朝、開店前の喜楽庵を訪ねた。昨日から頼んであったので、茂太はさっそく蓮太郎の遺体を見つけた状況を教えてくれた。

「平次郎はこの辺に立ってたんだ」

茂太は鳥居の柱から二メートルほど離れた場所を指した。

「俺は『こんなところでなにをしている』とか『退院できてよかったな』とか話しかけたんだが、目がちょっと変な感じで……」

「変な感じというのは？」

「なんというか、ちょっと見た感じはぼんやりしていたんだが、よく見ると目が血走っていて、目玉が忙《せわ》しなく動いているんだ。それから不知森のほうをちらちらと見るんで、俺も中を見たら……」

茂太は柵に近寄って腕を伸ばした。

「あそこにカシワの木があるだろう？　あれの枝に蓮太郎くんが……」

薄暗い不知森の中で、ひときわ大きく枝を伸ばしたカシワの木が、この位置から十メートルほどのところにある。幹は太く、横に張り出した枝もがっしりと太かった。

浅見は寛介のところに行く前に、自分が不知森を覗いた場所に移動した。

浅見は確信した。この位置なら蓮太郎の無残な姿が見えたはずだ。手前の木やツタに邪魔はされるが、ちょっと頭を動かせば木々の隙間から見えないはずはない。

「昨日の昼に僕が見た時はなかった。それは間違いない。茂太さんが死体を見つけたのは午後二時過ぎでしたよね。その短い間に蓮太郎さんは吊るされたんだ。その時にたまたま平次郎さんがここにいたのなら、ひょっとすると犯人を見たかもしれない」

平次郎が犯人かもしれないという可能性は、あえて言わなかった。浅見たちも茂太も思っているに違いないことではあるが。

「通行人はだれも気がつかなかったんだろうか」

紫堂は顎を撫でながら言った。

「僕もそれはちょっと思ったんだ。昨日、僕は蓮太郎さんが不知森に迷い込んでしまったのではないか、なんてぼんやり考えていました。そんなことを考えていたからなのか、森の中を覗いているうちに妙な気持ちになったんです。なにか、不知森に誘われているような気がして吸い込まれそうになりました」

「そうだよな。それで俺が腕を摑んで引き戻したんだ」

浅見はうなずいた。

「紫堂がいなかったら、僕は不知森の中に入ってしまったかもしれない。それで僕は思ったのです。この街道を通る人は無意識のうちに不知森の中を見ないようにしているのではないかと。心の底に、ここは恐ろしいところだという意識があって、それで……」

「なるほど、そうかも知れないな」

茂太は続ける。

「いつもそこにある見慣れたものだから見ない、とも言えるが心の奥底で怖いという心理が働いて、森の中を覗く人はほとんどいないかもしれない。現に俺だって、あんな薄気味悪い森の中なんて見たいとは思わないし、実際、普段は見ないよ」

浅見と紫堂は、これからお咲の様子を見に行き、その足で平次郎のところへ行くことにすると告げた。

茂太が気遣わしげに、「気を付けて」と言った。

4

お咲はひどく憔悴《しょうすい》していた。浅見の顔を見ると、わっと泣き出し、両手に顔をうずめた。

浅見はどうしていいかわからずにいたが、おずおずと手を伸ばしてお咲の肩を優しく撫でた。

お咲はしばらく泣いていたが、やっとのことで落ち着くと涙を拭いて浅見たちを居間に招き入れた。

隣の部屋では母のトシが眠っていた。眉間に深い皺を寄せた苦しげな顔は土気色で、痩せて頬骨が飛び出ていた。

お咲は襖を、音を立てないようにそっと閉めた。

「お母上は具合がよくないようですね」

「ええ、兄のことが堪《こた》えたのだと思います。なんだかんだ言っても赤ん坊の時から育てたんですから。とうとう母と二人きりになってしまいました」

お咲の目からまた涙が溢れてくる。

「蓮太郎さんがこんなことになってしまって僕も悲しいです。会ったばかりの人ですが、とても誠実でいいかただと思いました。蓮太郎さんが日記を確かめて、もう一度お会いする約束だったのです。もしあの時、蓮太郎さんの旅館を出る時間が、もう少しずれていたらこんなことにはならなかったのでしょうか」

浅見は、言ってもしようのないことと思いながら、言わずにはいられなかった。お咲を慰める言葉がないのはわかっている。それがとても苦しかった。

「兄さんは、日記のなにを確かめると言っていたんですか？」

「お咲ちゃんは聞いているでしょうか。お兄さんは、実のご両親と会う約束をしていたということを」

お咲は首を横に振った。

浅見は、両親と会うはずだった日を日記に書いていたかもしれないと蓮太郎が言い、確かめることになったと話した。

日記を取ってくると言って、お咲は居間を出た。

しばらくしてお咲が持ってきたのは白い帳面だった。表紙には「明治××年二月」と書かれている。去年の二月から使い始めたということだろう。

蓮太郎はお多佳が見知らぬ男を連れて来たのは、「秋も深まった頃」と言っていた。

お咲と一緒に、九月の日付から見ていく。

蓮太郎は想像したように几帳面な性格だったようで、ほぼ毎日、なにかしらの事柄を書き付けていた。

内容は天気のことやごく事務的なこと、トシの体調などである。紘葉のことについてはなにも書かれていない、と初めは思ったが、よく見ればアルファベットの「I」という文字が、週に二日ほど書かれている。これは紘葉と会ったという意味に違いない。

十月三十日と日付のあるところには、「晴れ　T、父来《こ》ず」と短く書かれている。

「この日ですね。お多佳さんが、蓮太郎さんの父上と一緒に牛鍋屋を訪れたのは」

お咲は悲しげにうつむいた。

「兄さんは、本当の母さんだと思っていたみたいですけど、違うんです」

「お咲ちゃんは知っていたんですね。僕も茂太さんから聞きました。そうすると一緒に来た男性も本当のお父上ではない、ということでしょうか？」

「それは、私にはわかりませんけれど、多分、違うのではないかと思います」

「蓮太郎さんはお多佳さんを実の母だと信じて疑わなかったようですが、どうしてなのでしょう」

「信じたかったのだと思います」

お咲は閉まった襖のほうをちらりと見て、声をひそめた。

「母は兄さんに冷たいんです。兄さんがもらわれて、何年かして私が生まれたからなんです。畑があった頃は、まだよかったんですが、父さんがお酒を飲むようになって畑を手放すと、ひどいことを言うようになって……」

トシは「無駄飯食い」とか「泥棒」などと言うようになったという。それは叔父の勇吉のせいらしい。

「叔父さんは国からもらったお金が欲しいんです。父さんが生きていたら、分け前を少しでももらえたはずだと思い込んでいます。でも兄さんは、父さんや私のために残そうとしてくれました。商売を始めて、私がお嫁に行く時の仕度に困らないようにって」

お咲は何度もトシに言ったが、トシは勇吉の言葉にだんだんと毒されていき、近頃では蓮太郎を憎むようになっていたという。

「昨日は叔父さんがいたので言わなかったのですが、お金は兄さんが信頼している人のところに預けてあるんです」

だから大丈夫なのだ、とお咲は言う。

「善兵衛《ぜんべえ》さんのところです」

お咲は口元に手を当て小さな声で言った。

「え」

浅見と紫堂は驚いて絶句した。お咲はまだ涙に潤んだ目をしていたが、強いて明るい笑顔を見せた。

「お咲ちゃん」

ようやく紫堂が口を開いた。

「それ、言っちゃだめだろう。内緒にしておかなきゃ」

「実は善兵衛さんも、自分がお金を預かっていることを知らないんです」

「どういうこと？」

「私がお嫁に行く時に持たせるものだ、って言って櫛箱《くしばこ》を預けてあるんです。箱も櫛も古道具屋で買った安物なんですけど、兄さんが底を二重に細工してお金を入れました。うちに置いておくと、叔父さんが持って行ってしまうかもしれないので」

「勇吉さんはそんなことをするのかい？」

「はい。母さんの薬を買うからと言って、金目の物を勝手に質に入れてしまったことがあるんです。兄さんがお金を隠していることへの腹いせだと思います」

蓮太郎が信頼を寄せているのは、大高《おおたか》善兵衛、国分村《こくぶんむら》に住む老人だという。たくさんの捨て子を育て、子育て善兵衛と呼ばれた奇特な人物らしい。若い頃から貧しい農民に援助をするなどしていた。今は隠居して弟に家督を譲ったが、今も家の戸口には、「寄るべなき孤児あらばわれに与《あた》うべし」という掛札が掛かっているという。

「捨て子を……たくさん？」

「昔からこのあたりでは捨て子というか、もっとひどくて、飢饉《ききん》があったりすると生まれたばかりの赤ん坊を殺すんです。そういうことはずっと昔から……」

「間引きというやつですか」

お咲はうなずいた。

「善兵衛さんは育てられないのなら、自分に寄越しなさいって農村を回って歩いたの。そして親の代わりに育てたんです。善兵衛さんのおかげで命が助かった赤ん坊はたくさんいたと思います。でも、まだまだそうやって命を落とす子供はたくさんいるんです」

浅見は源三の話を思い出していた。梨畑が多いのは、このあたりの土地が悪く畑に適さないからで、江戸時代に遠く美濃から苗木を持って来て梨の栽培を広めた人がいた。この地の貧しさと闘う人は多くいたが、それでもなお農民の貧しさは続いていたのだ。

お咲は続ける。

「兄さんはそうやって殺されるはずの赤ん坊でした。でも兄さんの母親が殺さずに善兵衛さんのところに捨ててくれたんです。母さんや叔父さんは、死ぬはずだったのを助けてやった、なんて恩着せがましく言うんですよ。兄さんはそのたびに、『ありがとうございます』なんて頭を下げるけど、兄さんを救ってくれたのは善兵衛さんなのに」

お咲は涙を着物の袖で拭った。

「そうすると蓮太郎さんは、善兵衛さんというかたの門前に捨てられていたということですか」

「そうです」

蓮太郎はお多佳の話を聞いて、お多佳が自分を捨てたのは善兵衛の家だった、と思ったようだ。だからこそ蓮太郎は実の母だと信じてしまったのだ。

「蓮太郎さんが善兵衛さんの家に捨てられていた、という話は近しい人ならだれでも知っているのですか？」

お咲は首をかしげた。

「捨て子だったということも、あまり人には言いません。知っているのは家族と、あとは叔父だけでした。でもお多佳さんが母親だと名乗ってからは、茂太さんと霊法さんも知ってます」

「どうだろう、紫堂」

浅見は言った。

「一度、その善兵衛さんという人に会ってみないか？　蓮太郎さんもお多佳さんのことを当然訊ねただろうし、それに対して善兵衛さんがなんと答えたのか知りたいんだ。それに蓮太郎さんの死をお知らせしたほうがいいだろう」

紫堂は賛成した。お咲に大高善兵衛の家を教えてもらい、二人はそこを辞去したのだった。

5

お咲の家から梨畑を抜けて北へ行くと、平次郎の家があり、そこからさらに北へ行くと高台に大高善兵衛の家がある。

まずは平次郎の家で話を聞くことにする。

だが、平次郎は不在だった。

「どちらにお出かけですか？」

平次郎の母は、「わからない」と暗い声で答える。家から出さないようにしているのだが、ちょっと目を離した隙に出掛けてしまうのだという。

「蓮太郎さんが亡くなったのはご存じですか？」

「ええっ」

母親は驚いて目を瞠《みは》った。

「どうして……」

教えていいものか迷ったが、「不知森で遺体が発見されました」と簡潔に伝えた。

「不知森で……」と訝《いぶか》しむようにつぶやく。

母親はもっと聞きたそうではあったが、警察同様、浅見自身もなにもわかっていないのだから、これ以上のことを言うつもりはなかった。

平次郎と話がしたいので、また寄らせてもらうがいいだろうか、と問うと、渋々という感じでうなずいた。

「ところで、平次郎さんがこちらの家に戻られたのはいつですか？」

「三月十五日でした」

紘葉が姿を消したのは三月二十日である。

「戻られてすぐも、やはりこのようにお出かけになっていましたか？」

浅見の問いの真意をはかりかねているのか、「さあ」と不快そうに口をつぐんだ。その様子から、出掛けていたのではないかと浅見は思った。

平次郎の家を出ると紫堂は、「親父さんが留守でよかったな」とさばさばと言った。

たしかにあの父親がいたら、ろくな話ができなかっただろう。

左手に国府台の台地を見ながら北上すると、荒れ地の向こうに国分村の集落が見えてくる。

大高善兵衛の家を通りすがりの村人に訊ねると快く教えてくれる。それは貧しげな陋屋《ろうおく》の中にあって、目を引く瀟洒《しょうしゃ》な家だった。けっして贅沢ではないが、いかにも老人の隠居所といった上品さがある。

戸口には、お咲が言ったように、「寄るべなき孤児あらばわれに与うべし」と墨書された木札が掛かっていた。

庭に足を踏み入れると、紺絣に袴を着けた男が草むしりをしていた。

「こんにちは。大高善兵衛さんにお会いしたいのですが」

浅見が声を掛けると、男は立ち上がって首に掛けた手拭いで汗を拭いた。丸顔で少年のような明るい笑顔を向けてきた。

「善兵衛さんはお出かけになっていますが、どちら様ですか?」

浅見と紫堂は名前を名乗り、綾部蓮太郎さんのことを知らせに来たと告げた。

男は蓮太郎の名を知っているようで、「蓮太郎さんがどうかしましたか」と訊く。

浅見たちの表情から、なにかよくない知らせだと感じたようだ。

「どうぞ上がってください。善兵衛さんは女中のお菊《きく》さんの家に行っているのです。手を包丁で切ってしまいましてね。ひどい怪我なのです。それで家に帰ることになったのですが、善兵衛さんは怪我をさせてしまって申し訳ないので、一緒に行って謝ってくると言うんですよ。お菊さんも、怪我をしたのは自分の不注意なので一人で帰りますと言ったのですが、善兵衛さんはどうしてもついて行くと言ってきかないのです」

玄関へ案内しながら男は説明する。

「申し遅れました。私、役場に勤めております幸田《こうだ》と申します。善兵衛さんにはいつもお世話になっておりまして、今日は留守番を買って出た次第でして」

一方的に話をして浅見たちを居間に通すと、お茶をいれに台所に向かった。

蓮太郎に関する「よくない知らせ」を、耳に入れるのを先延ばしにしたいようだ。

お茶を盆に三つ載せ、幸田が戻ってくる。

三人は無言でお茶を飲み、一息つくと居心地の悪い間が生じた。

「蓮太郎さんをご存じなんですね」

浅見は静かに訊いた。

「ええ、ここで一、二度顔を合わせただけですが。善兵衛さんのお話だと、とても親孝行な働き者だとか」

「僕たちもほんの二日前に初めて会ったのですが、いいかたでした」

浅見の言葉に、幸田はすっと息を呑む。

「蓮太郎さんは亡くなったのです」

幸田は口をぱくぱくさせて、「どうして……。いったいどうして」とだけやっと言った。

「まだよくわかっていないのです。昨日、不知森で遺体が発見されました」

「なんだってそんなところで……」

幸田は残ったお茶を一気に飲み干して、台所に行き土瓶を取ってくると、浅見たちの湯飲みに注いだあと、自分の湯飲みにもなみなみとお茶を入れた。

「善兵衛さんが悲しむな」

ぽつりと幸田が言う。

「捨て子だった蓮太郎さんは、こちらの家で養育されたのですよね」

「ええ、そうです。二歳頃までこの家にいたと聞きました」

「そのあと綾部さんと養子縁組をした」

「そうです。自分が捨て子だったと知ってからは、時々来ていたようです。しかし、なんてことだ。せっかく救われた命が、こんなに早く失われてしまうなんて」

「善兵衛さんは、たくさんの捨て子を育てたのだそうですね」

「ええ、とても立派なかたです。子育て善兵衛とか、仏の善兵衛とか呼ばれています」

善兵衛の家は代々富田村《とみだむら》の名主だった。若くして名主職を継いだ善兵衛は、私財を投じて養蚕・製茶・牧畜などの事業の導入に尽力した。それは、間引きの悪習は貧困と母乳不足が原因だとしたからだ。

「今は多少生活もよくなっていますが、昔はひどかったそうです。僕なんかは想像もつかないくらい農民の生活は苦しかったそうで、小作人が米のお粥《かゆ》を薬の代わりに病人に食べさせた、なんて話も伝わっているくらいです」

三人目の子供は間引きされることが多かった。労働力にならない女の子ならなおさらである。食べさせることができないという理由の他に、育児のために母親の労働力が削《そ》がれるからという理由もある。

濡れ紙を生まれたばかりの赤ん坊の顔にぺたりと貼り付ける。それが間引きの一般的な方法だった。産んだ母親が自ら手を下すことも、ごく普通に行なわれていた。間引きを承知しなければ離縁されることもあったという。

「明治になってからは法律もできましたから、数は減ったはずですが」

幸田は苦いものでも噛んだように口を歪めた。

「子供を殺すことに罪悪感はなかったのでしょうか」

そうせざるを得ない農民の苦しさは、浅見には到底理解できないことはわかっていたが、それでも言わずにはいられなかった。

「罪悪感がまったくなかったわけではないでしょうね。でも、『七歳までは神のうち』という言葉がありますよね。子供は脆《もろ》い存在です。神に近いということは死に近いということです。預かっている子供なので、神様にお返しするという意識なのです。間引きのことを、『子返《こがえ》し』なんて呼ぶ地方もあるのですから。殺人という意識は薄かったのかもしれません」

浅見と紫堂は、ものも言えず押し黙っていた。

「ある時、善兵衛さんは子供を捨てに来た父親と、偶然鉢合わせしたことがあったそうです。その時、善兵衛さんは『よく間引かずに連れて来てくれた』と涙ながらに言って、いくらかのお金も渡したそうです」

「すごい人ですね」

浅見はため息のような声で言った。

蓮太郎の話を聞きたいが、幸田はほとんどなにも知らないようだった。幸田が善兵衛をどのくらい尊敬しているか、善兵衛がどんなに素晴らしい人かを語るうち、玄関のほうで声がした。

「幸田くん、草取りをしてくれたんだね。ありがとう」

その声に幸田は、「善兵衛さんがお帰りになりました」と浅見たちに微笑み、玄関へ向かった。

「お帰りなさいませ」

幸田の声が聞こえる。そのあとは声を低くしてなにかを話している。たぶん蓮太郎のことを報告しているのだろう。ややあって二人は居間に戻ってきた。

善兵衛は七十歳くらいのがっしりとした体格の老人だった。健康そうに日に焼け、黒目がちの大きな目は生気に満ちていた。だが、蓮太郎の死を知って、唇は一文字に引き結ばれ、驚きと悲しみをこらえているように見える。

「蓮太郎くんが亡くなったというのは本当ですか？」

善兵衛は浅見たちの向かいに座ると苦しげに言葉を発した。

「あなた方は、それを私に知らせに来てくれたのですか？」

自分たちはある女性の捜索を依頼され、八幡町で接触のあった人たちに話を訊いているうち、蓮太郎とも話をするようになった、と浅見は話した。蓮太郎の死を知らせると同時に、いくつか訊きたいことがあることも。

善兵衛は大きくうなずいた。

「蓮太郎くんはどうして亡くなったのか、まずは教えていただけませんか」

「警察が捜査中ですので、確かなことはまだわかりませんが、何者かに殺害されたようです」

善兵衛は驚きを隠せない様子で目をわずかに大きく見開いたが、泰然自若とした態度は変わらなかった。隣で幸田がヒューッと大きく息を吸った。

「なんということだ」

しばらくして善兵衛は静かな声で言った。

「あなた方が探している女性というのはどういう人なのですか？」

「蓮太郎さんと結婚の約束をしている人です」

浅見は紘葉について簡単に説明した。神隠しだとか家出だとか言われているが、蓮太郎という人がいるので、なにか事情があるのではないかと話すと、善兵衛は会ったこともない紘葉に心からの同情を寄せた。

「その女性がいなくなったことと、蓮太郎くんが殺害されたこととは関連があるのですか？」

「わからないのです。ただ蓮太郎さんは、お多佳さんという人が自分の実の母親だと思っていたようです。お多佳さんは蓮太郎さんの父親だという人を連れてきました。その日を境にお多佳さんは行方知れずになり、そのことを女性に話すと、その女性もまた姿を消してしまったのです。蓮太郎さんは二人の女性が行方知れずになったのは、自分と関係があるのでは、と思っていたようです」

「お多佳さんなら知っている。蕎麦屋をやっている人のおかみさんだそうだね。彼女のことを覚えていないかと何度か訊かれました。二十年前に、ここの家に男の子を捨てたのだが、それが蓮太郎くんかどうか確かめに来たはずだと言うんだ。だがそういう人は来なかった、と何度訊かれてもそう答えたよ。蓮太郎くんは私が年寄りだから忘れてしまったのだ、と思ったようだ」

「お多佳さんは、どうやら蓮太郎さんの母親ではないようです。蓮太郎さんが生まれた頃は、東京にいたそうですから」

「なぜそんな嘘を言ったのだろうな。なんのために」

「さあ」

浅見は首をかしげたが、自分の中ではある考えが形作られようとしていた。ただそれは、まったくの想像に過ぎないので、口にすることは憚《はばか》られた。

「そうそう、お多佳さんという人ではないが、捨て子の話を訊きたがる人はいるね。竹籠や自分の畑で採れた野菜を売りに来る人なんだが、かれこれ二十年ほどの付き合いになるかな。『近頃、捨て子はあるかい』なんてよく訊いてくるんだ。優しい人でね。うちに捨てられた子供が養子縁組したあとまで気に掛けていたよ」

「その人は、どこのなんという人ですか？」

「葛飾村の吉田《よしだ》ハナという人だよ」

浅見と紫堂は顔を見合わせた。寛介に会いに行った時、竹を受け取りに来た女が、ハナという名前ではなかっただろうか。

「その人が蓮太郎さんの実の母親という可能性はありませんか？」

善兵衛は、「ええっ」と言ったきり言葉を失い、大きな目を宙にさまよわせた。

「考えてもみなかった」

ややしばらくして善兵衛は言った。

「ハナさんは話し好きの気さくな人で、世間話のついでに捨て子のことを、あれこれ訊く人だと思っていたからな」

「二十年来の付き合いと言いましたね。蓮太郎さんが捨てられたのも二十年前です。蓮太郎さんのことを、特に気に掛けていたということはありませんか？」

「そういうことはなかったな。どの子供のことも、まるで自分の子供のように行く末を心配していた。私が、今はどこそこで幸せに暮らしているとか、こんな仕事をしているとか教えてやると、目を細めて喜んでいたよ。いや、しかし……。そういえば……」

善兵衛は何かを思い出したようだ。

「そういえば、捨て子が今どうしているか、私が知らないことを知っていることがあったな。あれはだれのことだったろう。蓮太郎くんだったかな。いや、覚えてないな」

難しい顔で首をひねっている。

「これからハナさんのところへ行って、蓮太郎さんのお母上かどうか確かめてもいいでしようか？」

「ああ、構わない。だけどそれを聞いてどうする。蓮太郎くんを殺した犯人の手掛かりでも見つかるかね」

「それはわかりませんが、もしハナさんが母親だとしたら、蓮太郎さんが自分の子供だと知っていたのではないかと思うのです。善兵衛さんの前では、親だとわからないように他の子供のことも訊いていたのではないでしょうか。もしそうだとしたら、ハナさんが密かに蓮太郎さんの身辺を見張っていた、というのは言い方が悪いですけれど、いつも見守っていたとしたら、蓮太郎さんに近づいて危害を加えようとした人物を知っているかもしれません」

自分よりも捨て子の現在の様子に詳しいのなら、あり得ることだと思ったのか、「なるほど」と善兵衛はうなずいた。

第七章　紫堂の行方

1

善兵衛の家を辞したあと、二人は葛飾村でハナを探すつもりだった。寛介に訊けば、昨日見かけた「ハナ」が吉田ハナであるかどうかがわかるはずだ。

だがその前にもう一度、平次郎の家を訪ねなければならない。さっきは留守だったが帰宅していてくれればいいが、と思いつつ歩を進めた。

「いい人だなあ。立派な人だ。蓮太郎さんがお金を預けようと思ったのもうなずけるな。もっとも善兵衛さんはお金を預かっているのは知らないらしいけど」

紫堂はしきりに感心する。浅見も善兵衛のような人格者には会ったことがない。なぜ私財を投じて捨て子を育てるのか、浅見は訊かずにはいられなかった。

すると善兵衛は大きな目を伏せて、『私にできることには限りがあります。でも、やらずにはいられないのです。せっかくこの世に生を受けた赤ん坊です。貧しさのために死ななければならないなんて、あまりにも悲しいではありませんか』と言ってさらに続けた。『先祖は代々、山林業と酒造業とを経営し、広大な土地を所有してきました。御一新の前までは警察権も与えられていたのです。父は俳句や漢詩を愛する学究肌の人でしてね。文学は玉岡道人《ぎょくこうどうじん》、国学は平田篤胤《ひらたあつたね》、書は平林淳信《ひらばやしあつのぶ》に師事していました。私の家にはいつも一流の文人が出入りしていたのです。私は子供の頃からそういった人たちに親しんできました。いつ、どの人からというわけではありませんし、父の薫陶もあったでしょう。人の道ということを幼少の頃から深く考える癖がついていました』

控えめに語る善兵衛に、今日会ったばかりだというのに浅見は、心から尊敬の念を抱いたのだった。

「ところで、もしおまえの言う通りだとしたらだな……」

またその話か、と浅見は少々呆れた。蓮太郎の母親はハナではないか、という浅見の言葉に相当に驚いたようだ。ただの憶測だと言っても、だんだんと紫堂もそんな気がしてくるらしかった。

「ハナさんが母親で、いつも蓮太郎さんのことを見守っていたなんて、なんでそんなことするんだよ。捨てた子供のことを、そんなにいつまでも気に掛けるかねえ」

「僕はただ、善兵衛さんの口ぶりからそんなこともあるかなと思っただけだよ。ハナさんが捨てた子供のことを、どういう気持ちで見守っていたかなんて僕にもわからない。ただ、母親ならそういうことはありそうな気がする。ハナさんは間引きせずに子供を捨てる人だ。愛情の深い人なんじゃないかと思うよ」

何度目かの同じような会話を、そろそろ終わりにしたかった。ハナに話を訊いてみなければ、なにもわからないことなのだ。

しかし紫堂はまだこの話を続けたいようだ。

「もし、おまえの推測が当たっていたとしたら、父親だと名乗った男を見ているかもしれないな」

紫堂は足の運びを緩めずに言った。

「そうだといいが可能性は低いだろうな。そううまく事は運ばないだろう」

「おまえはいつも悲観的な見方をするやつだと思っていたが、今回に限っては同感だな。そんな都合のいいことはないだろう。お多佳さんが連れてきた男は、かろうじて顔の特徴はわかるけれども、名前もどこの人かもわからないんじゃ探しようがないからな。それに、なぜ親のふりをしなければならなかったのか謎だよな。そこがわからないんで、ずっとこころあたりがもやもやしている」

と紫堂は自分の胸を拳でぐるぐるとなで回した。

浅見もまったく同じで、無理にでも理由をつけておかなければ、どうにも気持ちが落ち着かないのだった。それでそんな考えが浮かんだのかもしれない。

「これは僕の、まったくの想像なんだが」

そう前置きをして話し始めた。善兵衛と話をしている時から、頭の中に浮かんでは消えた浅見の想像だ。

「お多佳さんは、蓮太郎さんと紘葉さんが恋仲なのを知っていたのではないだろうか。蓮太郎さんが捨て子であることは、本人から聞いて知っていた。それで自分が母親のふりをした」

「で、その理由は？」

「お多佳さんは好きな人ができた、と言っていただろう。好きな人とは、蓮太郎さんに牛鍋屋で引き合わせた男に違いないと思うんだ。二人は手に手を取ってどこかへ逃げるつもりだった。だがそれにはお金が足りなかった。それで蓮太郎さんの両親だと偽って、彼の恋人である紘葉さんからお金を借りる、または援助してもらう。なんといっても海野商会は名の通った大会社だ。娘の紘葉さんも自由になるお金があると考えた。恋人の親のためなら、訳なく出すのではないかと思った、というのはどうだ？」

「じゃあ、どうして旅館のほうには会いに来なかったんだ」

「それは、行きたくても行けなかったんだ。相手の男に反対された。あるいは怪我か病気で動けなかった。最悪の場合は……この世から消えてしまった。つまり死んでしまった」

「おい、よせよ」

紫堂は肘で浅見の脇腹を小突いた。ぞっとしたような顔をしている。

浅見も、いざ言葉にしてみるとその不穏な響きに背筋が寒くなった。

「まあ、まったくの僕のあて推量だ」

浅見の言葉にうなずくでもなく、紫堂は何事か考え事をしている。

しばらくして紫堂が口を開いた。

「源三さんに知らせてやらなきゃな」

蓮太郎のことだろう。

「そうだな。紘葉さんのご両親にも、彼女が蓮太郎さんと恋仲だったことを報告しなきゃな」

平次郎と話をしたあとは葛飾村へ行きハナに会い、その足で行徳に向かう相談が整った。

弘法寺がある小高い丘が見えてきた。その向こうに平次郎の家がある。そちらの方向に曲がろうとした時である。遠くに見える真間川のほとりに、一人の男が立っているのが見えた。距離があるので顔はわからないが、川をのぞき込んでいる姿に、なにかよからぬものを感じた。同時に、あれは平次郎ではないか、と浅見は思った。

紫堂の肩を叩きそう告げると、紫堂も目を細めて見遣ったあと「そうかもしれない」と答えた。

二人は足を速めた。

平次郎は川底をのぞき込んでいるのだが、いまにも飛び込みそうな格好である。嫌でも源三が言っていたことを思い出す。真間の入り江に身を投げて死んだ手児奈と、紘葉を重ね合わせ、紘葉もまた自殺したのだと。

平次郎はためらっているのか、体が前後に大きく揺れている。

二人は同時に走り始めた。紫堂のほうが少し足が速かった。

紫堂の鳴らす高下駄の音に、平次郎が振り返る。すると血相を変えて川に飛び込もうとした。

「よせ」

紫堂が叫びながら平次郎の袖を摑んだ。追いついた浅見は、平次郎の腰に組み付いて引き戻した。三人は一緒になってもつれ、倒れ込む。浅見はしたたかに腰を打ち、思わず呻《うめ》いた。

平次郎はよろよろと立ち上がると、血走った目でこちらを睨んだ。そして家があるほうとは反対の方向に向かって、浅見たちから逃げるように歩き始めた。足を痛めたのか左足を引きずっている。腕で目を押さえ、泣いているようでくぐもった声が聞こえる。

「平次郎さん、待ってください。お訊きしたいことがあるのです」

浅見は平次郎のあとを追おうとした。

すると紫堂が肩を摑んで止める。

「あの様子じゃ話は訊けないぞ。またの機会にしたらどうだ」

「しかし、このまま放っておいていいものだろうか」

「放っておけよ。子供じゃないんだ」

平次郎はどんどん遠ざかっていく。また自殺しようとするのではないだろうか。話は聞けないかもしれないが、このまま放っておくことはできなかった。

「紫堂、悪いが一人でハナさんのところへ行ってくれ。僕は平次郎さんが心配だ。あとで喜楽庵で会うことにしよう」

紫堂の返事を待たず、浅見は平次郎のあとを追った。

平次郎の足はそれほどの怪我でもないらしく、多少引きずってはいるが小走りに駆けていた。どうやら浅見が後ろからついて来ているのを知って、逃げているようだ。

そうやってしばらくの間、追いかけっこをしていたが、さすがに疲れたようで平次郎は松の木の根元にへたり込んでしまった。

浅見は隣に座り、平次郎の息が整うのを待った。

ここからは見えないが真間川が近いのか、水鳥が鳴き交わす声が聞こえる。松の木が木陰を作ってくれるので暑くはなく、日は傾きかけていた。

互いになにも言おうとしなかった。浅見から声を掛ければ、平次郎は脅えて口を閉ざしてしまう気がした。

長い長い時間がたち、木陰もあらぬ方向に行ってしまった頃、ようやく平次郎が口を開いた。

「呪われているんだ」

かすれた声は暗く沈んでいた。だが、心の病を思わせる響きはなかった。

「それは……どういうことですか？」

再び長い沈黙が流れる。

「不知森に呪われてるんだ」

「不知森にですか？　どうしてそう思うんです？」

平次郎は細かく震え始めた。唇は紫色になっている。

浅見は震えている平次郎の手を上から押さえて握った。冷たい手だった。

「昨日、不知森の前にいたそうですね。なにをしていたんですか？」

「連れて行かれた。知らない女に」

「連れて行かれた？　なぜ連れて行かれたかわかりますか？」

平次郎は激しく首を振った。

「呪われてるから。俺は呪われてるからだ。不知森に呼ばれて、今度こそ殺される。暗闇の中から怪物が現れて……そして俺を……」

「昨日は不知森の中に入ったのですか？　ほかにだれか見ませんでしたか？」

平次郎の耳に浅見の声は届いていないようだった。

「一度入っただけなのに。それが間違いだった。たった一度で呪われてしまうなんて。俺はなにも悪いことはしてないのに。黒い影が俺を、金棒で俺を……闇の中から俺を……」

平次郎は最初に不知森に入った時のことを話しているようだが、とりとめのない話は、浅見にはほとんど理解できなかった。

どんどん興奮してくるので、浅見は「もう思い出さなくてもいいですよ。ここは安全です」と平次郎の手の甲を軽く叩いた。

少しして平次郎が落ち着きを取り戻したようなので、浅見は立ち上がらせた。

「あなたの家に帰りましょう。歩けますか？」

平次郎は返事をしなかったが、素直に浅見に腕を取られたまま歩き始めた。

不知森でなにか見なかったかとか、平次郎を連れて行った女の特徴を訊ねたかったが、今日はこれ以上話ができそうになかった。せめて蓮太郎の死だけでも教えてやろうとしたが、平次郎の母親に話したことを思い出し、彼女が告げるだろうと思い直した。

平次郎の家が近づくと、玄関の前に数人の人がいるのが見えた。その中の一人がこちらに気が付き、「いたぞ」と叫んだ。叫んだ男は警官だった。わらわらと数人の警察官がこちらに向かってくる。腰に下げたサーベルの音がガチャガチャと響いて、平次郎は身をすくめ、浅見の腕に取りすがった。

その中に船橋署の瀬崎がいた。

「瀬崎さん、これはどういうことですか？」

その間にも警官は、両側から平次郎の腕を取り拘束してしまった。

「この男が不知森の前で怪しい動きをしていた、という通報がありましてね」

「いったいだれが」

「匿名の投書があったのです。平次郎が蓮太郎を憎んでいたという」

「憎んでいた？　どういうことですか？」

その手紙によれば、平次郎と蓮太郎は友だちだったが、海野紘葉という女をめぐって争っていた。平次郎が頭に傷を負って正気を失ったのは、蓮太郎の仕業であると思われるのでよく調べてもらいたい、という内容だった。

「被害者の友人だったことや、精神に問題があることを考え合わせると、漆原平次郎が犯人の可能性は高いですね」

「恨みが根底にあって、心の抑制がきかず友だちを殺してしまった、ということですか？」

瀬崎はうなずく。

「しかし、あらかじめ首を絞めて殺したあと、不知森の木に縄を掛けて吊るしたのですよ。精神に変調をきたした人が、そんな準備をして行動を起こせるでしょうか」

「それはそうですが、女がらみのいざこざがあったのなら、ないとは言えないでしょう」

「しかし蓮太郎さんは、平次郎さんが東京の病院に入っているときも心配して、度々実家を訪れています」

それに蓮太郎は、心根が真っ直ぐで優しい青年だ。そんなことをするはずはない。瀬崎は蓮太郎に会ったことがないので、それがわからないのだ。

浅見はもどかしく思った。

瀬崎は、これから船橋署で詳しく取り調べを行なうという。

しかし今の平次郎が、警察の質問にまともに答えられるとは思えない。

「平次郎さんは、知らない女に不知森へ連れて行かれた、と言っていました。その女性が事件に深く関わっているに違いありません」

「なるほど、そんなことを言ってましたか。よくわかりました」

「それと平次郎さんは、発作的に自殺を試みるかもしれません」

浅見は少し前に、平次郎が真間川に身を投げようとしていたことを話した。

「それを浅見さんが食い止めたというわけですな。さすがです。平次郎に目を付けていたとは」

そういうわけではないのだが、と心の裡《うち》で思いながら、「はあ」と曖昧に返事をした。

瀬崎と一緒に船橋署に行くことも考えた。瀬崎なら、取り調べの様子を逐一教えてくれるかもしれない。しかし紫堂と喜楽庵で落ち合うことになっている。明日にでも署のほうへ伺ってもいいかと訊ねると、瀬崎は「もちろんですよ」と快い返事を返してくれた。そして、「明日には殺人を自白しているかもしれないですよ」などと剣呑《けんのん》なことを言った。

浅見は連行される平次郎の後ろ姿を見送った。母親が目を真っ赤にして、胸の前で手を握りしめている。掛ける言葉が見つからず、浅見は辛い思いで一礼して、その場を去ったのだった。

2

紫堂が喜楽庵に来ている頃ではないかと思い、急いで戻った。平次郎が連行されたことも知らせたい。ハナという人が善兵衛の言っていた人と同一人物なのか、そして蓮太郎の母親なのか、紫堂がうまく聞き出せたかもはやく知りたい。

しかし、店内に紫堂の姿はなかった。

「紫堂は来ませんでしたか？」

店はちょうど忙しい時間だった。三人の客がいて注文した蕎麦を待っていた。お咲もいないので、話しかけるのが気の毒なほどだった。

「来てないよ」

茂太は嫌な顔もせず返事をした。

浅見はじゃまにならないよう、店の奥で待たせてもらうことにした。

二時間ほどすると客は一人だけになった。茂太がその客に蕎麦を出してしまうと、浅見は店の卓子《テーブル》について蕎麦を注文した。

「内田さん、ここに来るはずなのかい？」

「ええ、ここで落ち合う約束をしたのです。とっくに来ていてもいいのですが」

最後の客が帰ってしまい、茂太は浅見の向かいの椅子に座った。今日の仕事を終え、のんびりした様子で煙草を吹かしている。

「平次郎さんが警察に連れて行かれました」

「ええっ」

茂太は驚いてくわえていた煙管をはなした。

「なんでも投書があったそうです。平次郎さんが不知森の前にいたという」

「いったいだれがそんなことを」

「平次郎さんは川に身を投げようとしていました。そんなふうに心が不安定な人が、警察の取り調べに耐えられるとは思えません」

「そうだな」

茂太は平次郎の身を案じて辛くなったのか、酒の入った徳利を持って来た。

「浅見さんも、やるかい？」

「いいえ、僕はけっこうです」

「だけど、そんな投書があったくらいで平次郎を犯人扱いするかな。ここら辺にいました、って書いてあっただけなんだろう？」

「それが……」

浅見は言っていいものかどうか迷った。蓮太郎と紘葉は二人の仲をお咲にしか言っていなかった。だが蓮太郎は亡くなり、紘葉は行方知れずだ。浅見は少し考え、心の中で二人に詫びて口を開いた。

「蓮太郎さんは海野紘葉さんと恋仲だったんです」

「ええっ」

茂太はさっきにも増して驚いた。椅子の上で数センチ飛び上がったほどだ。

「平次郎さんはそのことで蓮太郎さんと不仲だったようなのです」

「いやあ、驚いたな。ぜんぜん知らなかったよ。平次郎と蓮太郎くんの間にそんなことがあったなんて。いや、しかし……。あの紘葉ちゃんが蓮太郎くんとねえ」

茂太はいまだに信じられない、といったふうで首を横に振った。

「平次郎さんが言っていたのですが、女の人が平次郎さんをここまで連れて来たのだそうです」

「女の人ねえ。いったいだれなんだろう」

茂太は早くも顔を赤くして、手酌で酒を飲んでいる。

「そういえば、蓮太郎さんが言っていたのですが、『茂太さんは、お多佳さんの居場所を知っているんじゃないか』と」

「へええ、なんでそんなふうに思ったのかね。知っていたら、お多佳を連れ戻しに行くよ」

「そうなんですか？　茂太さんを裏切って出て行ったんですよ。許すということですか？」

茂太は酒を一口飲んで、「ははは」と笑った。

「あんたは若いからね。女房を持ってみればわかるさ。惚れて一緒になったんだ。『ほかに好きな人ができました。はいそうですか』てな訳にはいかないんだ」

「連れ戻しに行くということは、今でもお多佳さんを思っているということなんですね」

「そういうことになるかな。俺にとってはお多佳はただ一人の女なんだ。たとえこの先、別の女と所帯を持っても、お多佳は特別なんだよ」

茂太は小さな目を瞬《しばたた》かせた。

「俺はいつも笑いに紛らわせて女房に逃げられた、なんて言ってるが本当のところは寂しいんだよ。できることならお多佳に戻ってきて欲しいと思っている」

茂太は猪口の酒を呷った。

自分のことはあまり語らず、いつもなにを考えているのかわからない、表情のない顔をしているが、茂太の胸の中に、こんなに熱い思いが隠れていたことに、浅見はちょっとした感動を覚えた。

　平次郎のことや、蓮太郎、紘葉のことなどを、ぽつりぽつりと話しながら紫堂を待っていたが、いつまで待っても紫堂は現れなかった。

「おかしいな。ここで落ち合おうと言ったのだけれど。紫堂に聞こえなかったのかな。それとも勘違いをして行徳に行ってしまったのかもしれない」

「行徳に？」

「ええ。葛飾村に行ったあと、行徳に行こうと話をしていたんです。ですからそっちに行ったのかもしれません」

　浅見は立ち上がった。いくらなんでも、こんなに遅いわけはないのだ。行徳に行ったのではないか、と思うとそういう気がしてきた。浅見は、「ごちそうさまでした」と蕎麦の代金を払った。

「これから行徳に行きます。万が一、行き違いになって紫堂が来たら、今夜は松川旅館に泊まるように言ってください」

　茂太から提灯を借り、浅見は夜の道を行徳へと向かったのだった。

3

海野商会の表戸はぴったりと閉ざされていた。家のまわりをぐるりと回り、塀の外からのぞき見ると窓からは明かりが洩《も》れている。

裏木戸から中に入り勝手口へ回った。

「遅くにすみません。浅見です」と遠慮がちに戸を叩いた。

しかしなかなか返事は返ってこない。今夜はここに泊めてもらうつもりだったので、気付いてもらわなければ困ったことになる。

今度はもっと力を込めて戸を叩こうと腕を振り上げた時だった。浅見の腕を手荒く掴む者がいた。

「なんだおまえ。ここでなにをしている」

振り返ると、月明かりにぼんやりと見えたのは海野商会の若旦那、清蔵だった。

「あ、清蔵さん。僕です。浅見です」

「ああ、浅見さんですか。どうしたんですか？」

浅見は紫堂と行き違いになったようなので、遅い時間に失礼かと思ったがやって来た旨を話した。悪いことをしているわけでもないのに、しどろもどろになる。

「若旦那、忘れ物ですよ」

突然、通りの方から男の声がする。

清蔵は、「あ」と慌てて振り向くと裏木戸へ向かった。相手の男も裏庭に入ってくる。清蔵は、「声が大きい」と相手の男をたしなめているようだ。

「すみません、若旦那。東京の女のところに行ってたんでしょう？　へへへ。ぼんやりしちまって。手拭を忘れましたぜ」

男は地声が大きいのだろう。浅見にはすっかり聞こえた。

浅見は首を伸ばして相手の男を見た。夜目にも白い穿袴《ズボン》は行徳船の船員のようだ。清蔵は東京からの船でたった今着いたらしい。

船員が帰ってしまうと清蔵は、「こっちだ」と言って浅見を離れのほうへ連れて行った。どうやら離れの縁側から家の中に入れるらしい。

「東京に行ってらしたのですか？　お知り合いのところですか？」

庭を横切る清蔵の後ろ姿に浅見は小声で訊いた。

清蔵は立ち止まって振り返った。

「あんたはなんだって、そう詮索するんだ」とやはり小声で言った。

「ひょっとして、あなたも紘葉さんを捜してらっしゃるのかと思いまして。前に船橋署に行っていましたよね。今度は東京……」

「うるさい」

清蔵は浅見の言葉を遮って鋭く言った。それでも声をひそめるのは忘れていない。陰になっていて清蔵の表情は見えなかったが、これ以上はなにも言うな、という怒りは伝わってくる。

渡り廊下を進んで店のほうへ行くと、源三が二階への階段を上がろうとしているところだった。二階に奉公人が寝起きする部屋があるようだ。

「源三、今日、東京の客人は来なかったかい？」

と清蔵は源三を呼び止めた。

浅見は源三と目を合わせた。昨日の朝に松川旅館で別れたのだが、まるで何日も会ってなかったかのように懐かしさがこみ上げてくる。

しかし源三は、清蔵がこちらを見ている隙に、浅見に向かって小さく首を振った。知らないふりをしてくれ、と言いたいようだ。

「東京のお客人？　はて、どなたでしょう。番頭さんに訊いて参ります」

源三は二階には上がらず、店のほうへ向かった。番頭は通い番頭で、ちょうど帰り仕度をしているところらしい。

すぐに番頭がやってきた。相変わらずすべるような足取りでやってきて、「若旦那、お帰りなさいまし」と腰を曲げた。浅見のほうにも、「これは浅見さん、おいででしたか」と頭を下げた。

「東京のお客人というと、内田さんのことですか？」

浅見が、そうだと言うと、紫堂は来ていないと言う。

客間に布団を敷いてもらい横になっていると、紫堂のことがだんだん心配になる。だが、なにか突発的な、たとえばハナの家でご馳走になるなどのことがあって遅くなることは充分に考えられる。今頃は茂太に預けた伝言を聞いて、松川旅館の布団で高いびきをかいて寝ているかもしれない。

自分にそう言い聞かせて目をつぶる。

廊下に人の気配がして、浅見は半身を起こした。

障子がすっと開く。

「もう、お休みですか？」

源三だった。

「いえ、まだ寝ていません」

「ちょっと話があるんだが」

「どうぞ、入ってください」

浅見が枕元のランプに灯を入れようとすると、源三が手で制した。

「わしは、あんたらに会ってないことになっている。だから一緒に八幡町に行ったのも内緒だ。それから、わしが言ったことは忘れてくれ。もしなにを喋ったか知られたら、わしはクビになってしまう。若旦那は勘のいい人だから、わしらのことに気付いていないといいんだが」

「わかりました。決して言いません」

浅見は源三へ向き直り、布団の上で正座した。

「ところで若旦那には東京に女性がいるのですか？」

「いや、そんな話は聞いたことがないな。もしいるんだったら、女中たちが噂をするだろう」

「そうですか」

清蔵に女性がいるのなら、店の女中たちが気付かないはずはない。だが、浅見は清蔵が遅くに行徳船から下りたことや、船員を叱りつけていたことがひどく気になった。それに葛飾村で会った時の様子もだ。だが今は、源三に言わなければならないことがある。

「源三さん、驚かないでくださいね」

浅見は蓮太郎が亡くなったことを知らせた。暗がりの中では源三の表情はよく見えないが、ひどく驚いたようで、「どうしてまた」とつぶやいた。何者かに殺されたようだと言うと、源三は大きく身震いをした。

「平次郎さんが疑われているようなんで、警察で取り調べを受けています」

源三は、平次郎のことはよく知らないようだが、喜楽庵で話だけは聞いていたとみえる。

「不知森に入って呪われたやつじゃろう？　とんでもないことをするな。友だちだったんだろう？　恐ろしい。やっぱり不知森の呪いなんだろうな」

何に腹を立てているのかわからないが、源三は憤慨して部屋を出ていった。

浅見はいよいよ眠れなくなってしまった。今日一日あったことが、次々と頭の中をめぐっていく。

お咲の泣いた顔や頼りない肩。無理に笑った顔。平次郎の殺気立った目。そして心細そうな声。平次郎は正気なのかそうでないのかが今ひとつわからない。

不知森の呪いで平次郎が蓮太郎を殺したのだ、と源三は思っているらしい。浅見も、もし平次郎に会っていなければ、そう思ったかもしれない。蓮太郎と紘葉の仲に嫉妬したのだと。それに、紘葉が失踪した直前に東京から戻っていることでも、平次郎がかかわっているのではないかと疑いを持っただろう。だが、あの平次郎がそんなことをするだろうか、というあまり根拠のない疑念が捨てきれない。なんとかしてもう一度平次郎と話をすることはできないだろうか。

そんなことを考えているうちに、いつしか眠りに落ちていった。

4

翌朝は早く起きて、又左衛門と志津に挨拶に行った。夜遅く来て断りもなく泊めてもらったことを詫びる。

「いいんですよ。それより内田さんがどこにいるかわからないとは心配ですな」

又左衛門はそれほど心配そうでもなく言った。

紘葉のことでわかったことがある、と言うと書斎へ来るようにと先に立って居間を出た。

書斎は四畳半ほどの小ささで、書棚と文机《ふづくえ》があるだけの殺風景な部屋だった。居間や台所からは遠く、裏庭の見える静かなところだ。義理の父親とここで二人きりになるのは、さぞ嫌なことだったろうと思い遣られる。

庭の見える窓を背に座った又左衛門に、浅見は向き合って座った。

「それで、なにがわかったんです？　紘葉の居場所の手掛かりですか？」

「それは残念ながら、いまのところまったくわかりません。ただ紘葉さんと恋仲だったという男性を見つけました」

「なんだと。だれなんだそれは」

又左衛門はいきり立った。

綾部蓮太郎の説明を簡単にすると、「そいつが紘葉をどこかにやったのか」と今にも八幡町に押し掛けて行きそうな勢いだった。

「蓮太郎さんは、もう亡くなっています。だれかに殺されたのです」

「殺された？　なぜ」

「警察が捜査中です。犯人はまだわかっていません」

「それじゃあ、その男を殺したやつが紘葉も殺したのか」

浅見は、「さあ」と首をかしげた。

「蓮太郎さんの遺体が発見されたのが一昨日のことなので、まだなにもわかっていないのです」

又左衛門は、「そうか」と浮かしかけた腰を下ろした。

「それにしても、紘葉がいなくなったのはその男が関係しているんじゃないのか？　その辺は調べたのか？」

「話を聞いている途中でした」

蓮太郎の母親や、父親だという男がだれなのか、解明しようとしていた矢先だった。その辺のことを言えば、又左衛門は混乱してしまうだろう。もっといろいろなことがはっきりしてからでなくては、と浅見はそれ以上のことは言わなかった。

今後わかったことがあったら、またお知らせします、と言って部屋を出た。浅見の心は暗く、息苦しさを感じるほどだ。何食わぬ顔で、さも娘を心配しているふうに振る舞いながら、その実は、紘葉を苦しめ追い詰めていたのだ。

廊下を歩いていると、志津が庭で桔梗の花を切っていた。仏壇にでも供えるのか小さな束にしている。

浅見は靴脱ぎに置いてある下駄を突っかけて庭に下りた。

「紘葉のこと、なにかわかりましたか？」

浅見に気が付くとすぐにそう訊いた。

「いえ、旦那さんにも申し上げたのですが、はかばかしい成果はまだないのです。ただ、紘葉さんは綾部蓮太郎という人と恋仲にあったことがわかりました。その人をご存じですか？」

「いいえ」と志津は首を横に振る。

「ではその人と駆け落ちをしたんでしょうか」

「それが、蓮太郎さんは亡くなってしまったのです」

「まあ」

志津は桔梗の花束を胸の前で握りしめ、目を見開いた。

「蓮太郎さんの死と紘葉さんがいなくなったことに、なにか関係があるのかは、まだ少しもわかっていません。どうか心を強くして僕の調査を待ってください」

志津が紘葉を疎んでいた、という話を源三から聞いてはいたが、志津の驚きを見ると慰めずにはいられなかった。しかし志津に問いただしたいと思っていたことは、訊かなければならない。

「八幡町で何人か、紘葉さんと交流のあった人に話を聞いたのですが、紘葉さんには悩みがあったようだと言う人がいました」

志津は浅見から目をそらし、無言で庭の松の根元を見ていた。

「どうやら、お母上との関係で悩んでいたのではないかと思われるのですが、思い当たることはありませんか?」

志津は松の木から目をそらさずに、「ありません」と冷たい声で答えた。

「あの子は私の娘です。赤ん坊の時からずっと可愛がって育ててきました。そりゃあ、たまに言い合いをすることもありましたけれど、親子なんてそんなものじゃありませんか？」

そう言い捨てると、浅見にこれ以上なにも言わせまいとするかのように、顔を背けて家の中に入って行った。

浅見は釈然としない思いで海野商会をあとにした。又左衛門や志津が自分たちの不行跡をそう簡単に認めるはずはないのだが、紘葉の身の上を考えるとなんともやるせない。

行徳街道へ出ると、ちょうど行徳船が東京へ向かって出港するところだった。甲板《デッキ》にはすでにたくさんの乗客が乗っている。見送りの人に頭を下げたり、手を振ったりしている。

そこへ大きな風呂敷包みを背負った客が、短い桟橋に駆け込んできた。「乗せてくれ」と叫んでいる。

「次の船にしてくれ」と叫び返したのは船員だろう。

浅見はその声に思わず振り返った。昨夜、清蔵に忘れ物を届けた船員の声だった。特に顔を見ようとしたわけではないのだが、客の大きな風呂敷包みに隠れてしまい、見ることはできなかった。

船員と客は、ちょっとのあいだ押し問答をしていたが、客の勢いに押されたのか、とうとう船員は乗せてしまった。

浅見は、たくさんの人で賑わう街道を、八幡町へ向かって歩き始めた。

5

紫堂は昨夜、喜楽庵には顔を出していないと聞いて、一応、松川旅館へも行ってみた。しかし紫堂は泊まってはいなかった。

浅見は喜楽庵にとって返した。

「僕はこれから葛飾村の吉田ハナさんのところへ行ってきます。もし紫堂が来たら、僕は必ず今日中に戻ってきますので、ここにいるように言ってください」

茂太は開店前の準備で忙しいようだが、包丁を動かしながら、「わかった」とうなずいた。お咲がいないので忙しいが、葬儀が終わればまた来てくれるだろう、というようなことをひとり言のように言う。

お咲の様子も見に行きたいが、まずは紫堂がどこにいるのか捜さなければ気になってしょうがない。

千葉街道を葛飾村へ急ぎ足で歩く。

なぜか胸騒ぎがする。

紫堂の本質を知らない人なら、面倒になって放り出してしまったのではないか、と思うかもしれない。たしかに紫堂は几帳面さとはほど遠く、いい加減な性格ではあるが、こんなふうになんの連絡もなく放り出すほど無責任な男ではない。

千葉街道は左手が小高い丘になっており、右手は青々とした田んぼが広がっている。八幡町を離れるに従って人通りは少なくなっていったが、村に入るとまた増えてくる。納豆売りの老人に、吉田ハナという人は知っているかと訊くと、岡のゆるやかな斜面に作られた畑と、そこに建つ貧しい茅葺《かやぶ》き屋根の家を指さした。そこは北向きの畑で芋や大根が植えられているようだ。

畑では吉田ハナらしき女と、夫と思われる男、そして息子らしい二人の若い男が畑仕事をしていた。

浅見はハナに近づいていった。

「お仕事中すみません。ちょっとお伺いしたいのですが」

ハナは立ち上がり、首に掛けた手拭いで汗を拭いた。

「なんじゃろう」

浅見を胡散《うさん》臭そうな目で見ている。

「昨日の午後に、内田紫堂という男がこちらに訪ねては来なかったでしょうか？」

「いいや」

「おかしいな。葛飾村の吉田ハナさんを訪ねることになっていたのですが」

「来とらんよ。そんな人」

ハナは振り返って、「なあ、内田っていう人、来たかい？　昨日」と叫んだ。夫とおぼしき男が、「いいや」と叫び返す。息子たちも首を横に振っている。

「そうですか。あのう国分村の大高善兵衛さんはご存じですよね」

「ああ、知っとるけど」

「善兵衛さんがおっしゃっていたのですが、あなたは捨て子にとても関心をお持ちだとか」

「オレがか？　そんなことはないが」

自分のことをオレと言うので、浅見は少し驚いた。

「綾部蓮太郎さんという人を知っていますよね」

ハナの顔が怪訝そうに歪んだ。明らかに知っているふうだった。

「もう帰ってくれんかな。仕事の邪魔だで」

「あ」

浅見が何を言う暇も無く、ハナは向こうに行ってしまった。こんな時、紫堂ならうまいことを言ってハナの心を開かせ、こちらの聞きたいことを引き出すのだろうな、と肩を落としてその場を離れた。

それにしても紫堂はどこへ行ったのだろう。吉田ハナの家と間違えて、別のところへ行ってしまったのだろうか。

浅見はこの近くにある寛介の家に向かった。ひょっとすると紫堂が、吉田ハナの家を訊くために立ち寄っているかもしれない。

しかし残念なことに寛介は留守だった。寛介によく似た兄らしい男が、夕方には戻るだろうと言うので、浅見は船橋署に行くことにした。ここから船橋署まではそれほどの距離ではない。瀬崎が平次郎に訊問しているはずだが、なにかわかったことがあるか聞いてくるつもりだ。

船橋署に入ると顔を知らない署員まで、浅見ににこやかに挨拶をする。瀬崎と中田から全署員に伝わったのだろうが、居心地が悪いことこの上ない。

瀬崎を呼んでもらうと、まるで十年来の親友のような親しげな笑顔である。浅見たちを留置場に入れたことは忘れてしまったようだ。

「いやあ、あの漆原という男は、わけがわからないですな。こっちがなにか訊いても、まともに答えられんのですわ。自分の名前すら言えないんですよ。かと思うと、おかしなことばかり止め処なく喋ったり。正気なのかと思ったら、目つきが変になったり」

「おかしなことって、どんなことを話すんですか？」

「呪われたとか殺されるとか、まあ、訳のわからんことをですね……。あ、そうだ。女の話はしていましたよ。それで、女と漆原を乗せた車夫も見つけました」

「本当ですか。さすがは警察だなあ」

浅見が思わずそう言うと、瀬崎は「いやあ」と照れて赤くなった。

「それで、その女の人はだれだかわかったんですか？」

瀬崎の話によると、女は紫の御高祖頭巾《おこそずきん》を被っており、人相はわからなかったという。ただ、崩れた感じのする女で、なんとなく素人の女ではないなと思ったらしい。女は八幡宮そばの立て場《たてば》から、二人用の人力車に一人で乗り、最初に弘法寺のほうへ行くようにと言った。しかし弘法寺まで行かないうちに、急に三本松の近くで止めさせた。そこにいた男を乗せたあと不知森の近くで二人を降ろしたのだという。

「乗せた男というのが、平次郎さんだったのですね。平次郎さんはその女の人とは顔見知りだったのでしょうか」

「なんでも女のほうは、平次郎にひそひそとなにかを話しているようだったが、男のほうは特に返事もしていなかった、と言っていました」

今の平次郎なら、知り合いであってもそういう反応を示すかもしれない。また、まったく知らない間柄であっても、言われるままに人力車に一緒に乗ってしまうこともありそうだ。

警察では御高祖頭巾の女が重要な鍵であるとみて、女を捜しているという。

「明日にでも、もう一度来てみてください。平次郎も泥を吐いているに違いありませんから」

瀬崎は女はすぐに見つかるだろうと楽観的な見方をしているようだ。浅見を玄関の外まで笑顔で見送ってくれた。

船橋署を出た浅見はもう一度、寛介の家に向かった。

今度は寛介がいてくれた。

「寛介さん、昨日、紫堂がこちらに来ませんでしたか？」

「来たよ」

寛介は浅見の顔を見て、ただならぬことが起きたことを感じたようだ。

「吉田ハナさんの家はどこか、と訊きに来たのですよね」

「ああ、そうだ。どうかしたのかい？」

「紫堂はハナさんの家に行ったのですよね」

「たぶんそうだと思うが」

浅見は、吉田ハナが国分村の大高善兵衛と知り合いかどうかを訊ねた。寛介はその辺のことは知らないが、ハナが国分村のほうまで竹籠や野菜を売りに行っているというのは、聞いたことがあるという。

それならば善兵衛が言っていたハナに間違いない。

「僕はハナさんに会ってきたのですが、紫堂は来ていないと言うのです」

夫や息子らしき人も、そんな人は来なかったと言ったことを話した。

「それはおかしいな」

寛介も険しい顔になる。浅見の心臓が大きく鼓動した。

「浅見さんは、紘葉お嬢さんの行方を捜してハナさんのところに行ったのかい？」

「いいえ、そうではないのです。実は……」

浅見は紘葉が綾部蓮太郎と恋仲にあったことや、蓮太郎が何者かに殺害されたことを話した。

「するとその蓮太郎という人は、市兵衛《いちべえ》か熊造《くまぞう》あたりに殺されたってことなのか？」

「え？　なんですか？」

寛介の話は飛躍していてよく理解できなかった。

「ハナさんの旦那は市兵衛というのだが、こいつが粗暴なやつで、人を何人か殺してるって噂なんだよ。息子の熊造も父親に負けず劣らず乱暴なやつで、あいつと喧嘩して半身不随になった人もいる」

寛介は引き攣《つ》った顔で続ける。

「その蓮太郎って人が殺された話を、内田さんがしたとして、もしも、だよ。市兵衛か熊造が実際に殺していたら、内田さんは無事じゃあすまないんじゃないのかな」

それを聞いて、浅見はぶるっと身を震わせた。

紫堂が、ハナは蓮太郎の母親ではないか、そして蓮太郎殺しの犯人に心当たりはないか、と訊いたら、夫か息子は紫堂を手に掛けるかもしれない。充分にあり得ることだ。

だが、市兵衛か熊造が蓮太郎を殺す理由とはなんだろう。そんなものがあるのだろうか。

突然現れたもう一人の息子、蓮太郎。

彼を殺す理由など、考えてみても思いつかない。

しかし喫緊の問題は紫堂だ。

口をそろえて紫堂は来ていない、と言い放った吉田家の面々。

恐ろしい限りだ。

真っ正面からぶつかっていっても、再びしらを切られるか、へたをすれば殺されかねない。

浅見は熟慮の末、日が暮れてからこっそり様子を見に行くことにした。そしてハナか、比較的大人しいと寛介が言う次男の龍造《たつぞう》と話ができれば、解決の糸口を摑めるかもしれない。

「ハナさんは優しそうな人でしたが、旦那さんや息子さんがそんなに恐ろしい人たちだったとは」

これからそのような家族と話をしなければならないのか、と思うと浅見は憂鬱な気分になった。

「ハナさんも、結構恐ろしい人だと思うよ」と寛介が言う。

「ハナさんも？　どうしてですか？」

「兄貴が言っていたんだが、熊造と龍造のあとに少なくとも二人の子供を産んだはずなんだ。お腹が大きくなっていったのを見たそうだ。だけど育ったのは二人だけだ」

「それは……つまり」

「俺は間引きしたんだと思っていた。だけど、蓮太郎という人がハナさんの息子なら、その人は殺されなかったんだな。捨てたってことか」

自分の産んだ子供が可愛くない親はいないだろう。生活のためとはいえ、捨てたり殺したりしなければならなかった母親の気持ちとは、いったいどういうものなのか。自分には到底理解できないこと、とは思いながら考えずにはいられなかった。

好意に甘えて、浅見は寛介の家で日が落ちるのを待つことにした。

寛介は、「これだけやっちまうんで、そこでのんびりしていてくれよ」と囲炉裏端《いろりばた》に魚を吊るし始めた。さっき留守だったのは魚を釣りに行っていたらしい。捌《さば》き終えた魚を燻製《くんせい》にするために、天井から下がった鉄の鉤《かぎ》に鰓《えら》を引っかけていく。

寛介が手際よく魚を吊るしていく様を見ながら、ぼんやりと紫堂のことを考えていた。もし紫堂がこれを見ていたら、東京に帰ってから自分もやりたいと言い出すだろう。料理なんぞ、浅見と同様でからきしだめな紫堂だが、こういった野趣あふれることを好む男だ。

『無事でいてくれ』

浅見は祈るような思いだった。

日が落ちて、ハナの家に向かおうとすると寛介は言った。

「すまんな。俺はこう見えて、腕っ節はからっきしだめなんだ」

こう見えて、と言うから強いのかと思ったら弱いのだとは。それで一緒にハナのところに行ってやりたいが、怖くてとても行けないと言う。

「浅見さんも俺と似たり寄ったりだな。だけど逃げ足は速いんだろう？　俺は足も遅いからだめだ」

浅見自身は足はそれほど速くはない。だが、いざ逃げる段になって足が遅いと自認している寛介と二人で逃げるよりも、一人で遁走する方が生き延びる確率は高そうだ。

「一人で大丈夫ですよ。話を聞くだけなのですから」

そう言って寛介の家をあとにすると、寛介は曲がり角のところまで見送ってくれた。

「危ないなと思ったら、すぐに逃げて来いよ」

浅見は振り返って手を振った。

「全力で走るんだぞ」

口に手を当てて叫ぶ寛介に、可笑しくてつい笑ってしまった。

6

「話を聞く」と言ったが、実はこっそり窓から覗くつもりだった。真っ向から問いただしても答えてくれるはずがないし、寛介の言うとおりだったらこの身が危ない。

ちょうど夕飯時で台所からは煮物のいい匂いがしてくる。

浅見は足音を立てないように、明かりの洩れている窓にそっと近づいた。

やはりそこは居間だった。市兵衛が一升瓶を片手に酒を飲んでいる。畑にいる時は遠かったのでわからなかったが、近くで見るとたしかに凶暴そうな顔をしている。濃い髭が頑丈そうな口の周りを黒々と取り巻いているし、筋肉が隆起した腕にも刷毛《はけ》で掃いたような剛毛がびっしりだ。

隣にいるのは長男の熊造だろうか。市兵衛とよく似た猛々《たけだけ》しい顔をしている。もう一人の息子はどこにいるのか見えなかった。

ハナが鍋を持って居間に入ってきた。

碗に山盛りの麦飯と、芋の煮物だけという貧しい食事だった。

膳は四つ。それぞれに飯と煮物を盛り付けて配膳した。市兵衛と息子はすぐに箸を取って食べ始めたが、ハナは小さな椀に飯と煮物を入れて立ち上がった。

「あいつに食わせるのか」

市兵衛が飯をかき込みながら言う。

「もったいねえな。だから殺しちまえばいいんだよ」

息子は吐き捨てるように言った。

「まだ殺したらだめだ。臭うからな。もう少し生かしておいて、芋の収穫が終わったら、芋と一緒に荷車に載せて行って江戸川に捨てる」

「だけどあんた」

ハナが怯《おび》え声で市兵衛に言う。

「あの男は刑事なんだろう？　殺したら熊造は死刑になるんじゃないのかい」

「馬鹿かおめえは。熊造は刑事を殴ったんだぞ。それだけで死刑だ。殺すしかないんだよ」

「兄貴もなんだって刑事を殴ったのかねえ。で、兄貴は飯も食わねえで何してるんだ」

「熊造は納屋で鍬《くわ》を研《と》いでいる。もうすぐ来るだろう」

浅見はぞっとして後ろを振り返った。ここから五メートルほどのところに納屋がある。今にも熊造がそこから出てきそうだった。

紫堂は刑事と間違えられて殴られ、どこかに監禁されているらしい。それにしてもそこにいるのが、長男の熊造ではなく、「比較的大人しい」次男の龍造だったとは。

浅見は中腰のまま窓の下で逡巡《しゅんじゅん》していた。今すぐこの場を離れるべきだろうか。しかしハナたちの話もまだ聞きたい。窓の横にある植え込みに隠れるようにして身を寄せたが、納屋から出てきた熊造から完全に隠れているというわけでもない。

浅見は後ろの気配に気を配りつつ、ハナたちの話にも注意を注いだ。

市兵衛がなにか言ったことに対してハナが、「だけど仕方なかったんだよ。オレはあんなことをするつもりは……」と抗弁している。

「まったく、なにをやっているんだ」

市兵衛はなおもハナを責めていた。ハナはうなだれ唇を噛んでいたが、逃げるように椀を手にして奥の方へ消えた。

あの向こうに紫堂が監禁されている部屋があるのだろうか。

浅見はそちらに向かおうと身を起こした。そして後ろに向き直った時、熊造と鉢合わせをした。

熊造は浅見がいることに気がついていなかったようだ。暗がりの中で、急に動くものがあって驚き、ヒュッと息を吸った。

浅見は飛び上がるようにして熊造に食らいつき、左手で口を押さえるのと同時に、右手は正拳《せいけん》で鳩尾《みぞおち》を突いた。

熊造は一撃で膝から崩れ落ちた。音がしないように熊造の体を支えながら窓の下に寝かせる。

熊造の厚い筋肉の感触が、まだ右手に残っている。柔術の心得がなければ、一突きで失神させることはできなかっただろう。子供の頃に父に強制的に習わされた柔術は、自分でも得意なほうだと思っている。すべてにおいて自分より勝っている兄、陽山に、たった一つ誇れるものがあるとすれば柔術である。

だがこの頑健な男なら、じきに意識を取り戻してしまうのではないだろうか。

浅見は急いで家の裏手のほうへまわった。

裏口の戸板は心張り棒がかってあったが、音がしないように慎重に戸を外した。

中に入ると台所と向かい合う形で引き戸があり、そこが少し開いていた。中から男のくぐもった声が聞こえる。

どうやら紫堂が芋か飯を飲み下しながら、必死になにかを訴えているようだ。だが声をひそめているので、なにを言っているかはよくわからない。

「……だから……もし逃がしてくれたら……。大丈夫……違うんだ。だれにも言わない……」

ハナの声は聞こえないが、紫堂の説得は功を成していないようだ。しばらくすると紫堂の声は止み、人の動く気配がする。

浅見は外に出て戸板を元に戻した。心張り棒が外れていることに気付かれたらまずいな、と思ったが、ハナは気付かなかったようだ。

足音が聞こえなくなると、浅見は再び中に入った。

声の聞こえた部屋に紫堂はいた。隅に造りつけられた大きな棚の脚に、後ろ手に縛り付けられている。

紫堂は浅見の姿を認め、目を見開いた。猿ぐつわをかまされているので言葉はないが、目の表情で驚きと喜びを精一杯表していた。

急いで猿ぐつわと縛《いまし》めを解《ほど》いてやる。

紫堂は物も言わず、がばりと浅見に抱きついてきた。浅見は紫堂の背中を二度叩いて、

「急ごう」と囁《ささや》いた。

よろけてうまく歩けない紫堂に肩を貸し、急いで外に出る。居間の窓の下では、ちょうど熊造が目を覚ましたところで、浅見たちに気が付くと突進してきた。

浅見は紫堂を脇へどかし、走り込んできた熊造に体《たい》をかわして背負い投げをした。

ゴム鞠《まり》のように宙を飛んだ熊造は、どさりと背中から着地すると、そのまま再び気を失ってしまった。

「行こう」

脇に転がっている紫堂を助け起こして歩き始める。

「おまえ今、俺をおもいきり突き飛ばしたよな」

紫堂は恨みがましくつぶやいた。

第八章　絋葉

1

街道に出て、吉田の家の方を窺うが、だれかが追ってくる様子もない。

ほっとして力が抜けたのだろうか、紫堂の膝ががくりと折れた。

「大丈夫か？」

「ろくに飯を食ってなかったんで力が出ない」

紫堂は、少し休めば大丈夫だと言うが、見た感じではとても八幡町までは歩けそうにない。

「今夜は寛介さんの家で世話になろう」

「ああ」

紫堂は力のない返事をした。

寛介の家も、ハナの家とさほど変わらず貧しいようなので気が引ける。だがこういう時にこそ又左衛門からの依頼料を使うべきだと思った。

寛介は紫堂の無事を喜んでくれた。

二人分の宿泊代を渡すと、寛介は驚き恐縮していた。

「すみませんが、なんでもいいので紫堂になにか食べるものをいただけないでしょうか」

「こんなにたくさんもらったんで、ご馳走を出したいんだが、芋がゆと昼に作った燻製くらいしかないいんだよ」

燻製はたぶん、寛介の家ではたいへんなご馳走だろう。

浅見の分も用意してくれたので、ありがたくいただいた。

さっきまで土間で手仕事をしていた寛介の兄夫婦は、もう寝間に行ったようだ。ランプの油が惜しいので、日が暮れたらできるだけ早く寝るのだろう。本当なら寛介も寝るのだろうが、ハナのところでなにがあったのかを聞きたがった。

紫堂は例によって緩急をつけた話術で、浅見が助けに来たところから熊造を投げ飛ばし、逃げてきたところまでを語った。

「内田さんは、なんで納戸に押し込められたんだい？」

「それだよ。まったくひどいもんだ。いきなりなんだからな」

紫堂が話しかけた時、ハナは納屋の中で仕事をしていた。

『すみませんが、あなた善兵衛さんのとこに行ってた人ですよね』

ハナは警戒心を露わにして、『そうだけど』とくぐもった声で答えた。

『ちょっと訊きたいことがあるんです。あのうですね。言いにくいのですが、あなた……』

その時、後頭部に衝撃を受けて紫堂は気を失った。気がついた時は納戸でがんじがらめに縛られていたという。

熊造という息子が殴ったことは、あとでわかった。

ハナの家族は、紫堂をどう始末するかを、ほぼ喧嘩腰で話し合っていた。広い家でもないので、話は筒抜けだった。

『なんでいきなり殴るんだ。馬鹿かお前は』と父親の声。

『うまいこと言って追い返せば良かったんだ』

『おっかあにうまいことが言えるものか。なんでも喋っちまって、俺たちがみんなお縄になるのがオチだ』

熊造は母親を馬鹿にしたように言う。

『それに俺は悪くねえ。そもそも、おっかあが紘葉を攫《さら》ってくるから悪いんだ』

「ちょっと待ってくれ」

浅見は紫堂の言葉を遮った。

「紘葉さんを攫ったのか。ハナさんは」

「どうもそうらしいんだ。俺も耳を疑ったよ」

「なんでハナさんはそんなことをしたんだ」

「それがだな」

ハナは意外にも優しい人で、夫や息子に隠れて水を飲ませてくれたり、干し芋を一切れ食べさせてくれたりした。そんなことが何度かあるうち、家族がいない時には紫堂と話をするようになった。

ほとんどの場合、紫堂は猿ぐつわをかまされているので、いろいろと訊きたいこともあったが、うなずくことしかできなかった。水や食べ物をもらっている時は猿ぐつわを外してくれるが、食べたり飲んだりするのに忙しくて、やはりなかなか質問はできなかった。

それでもなんとか聞きだしたのは、ハナが不知森の前でばったり会った紘葉に声を掛けたところ、紘葉はひどく驚いて転倒し頭を打って気絶してしまったという。腕と頭から血を流している様子に、ハナは動転し、荷車に乗せて家まで連れ帰った。傷の手当てをして納戸に入れておいたが、いつの間に気がついたのか、朝には紘葉の姿が見えなくなっていた。

「ハナさんという人は気の小さい人でね」

紫堂は話を続ける。

「紘葉が海野商会の娘だということは知っていたから、怪我をさせたことでいつかお咎《とが》めがあるのではないか、とビクビクしていたらしいんだ。そんな心配を家族にもしていた。そこへ俺が現れたんで、紘葉さんのことで捜査に来た刑事と勘違いして、熊造が俺を殴ったんだ」

「なんだかよくわからないな」

浅見は言った。

「なんでばったり会った紘葉さんに声を掛けたんだろう。それに声を掛けられた紘葉さんは、なぜそんなに驚いたのだろう」

「そうなんだよ。俺もそれを訊きたかったんだが、なにせずっと猿ぐつわをかまされていたし、俺をどう始末するか相談しているしな。ハナさんに俺は刑事じゃないって言っても信じないんだ。東京からきた刑事がいろいろ調べてる、っていう噂を聞いたなんて言ってるな。どうも探偵と刑事がごっちゃになっているみたいだ」

「それで蓮太郎さんが殺された話も、ハナさんが母かどうかということも訊いてないのだな」

紫堂は、「そうなんだよ」と頭を掻いた。

無理もないな、と浅見は思う。浅見にしてもほとんどなにも聞き出せていない。

「命があっただけでも儲けもの、ということにしよう」

刑事だという誤解が解けても、紫堂を監禁して殺す相談までしていたのだから、口封じになにをされるかわかったものではない。

絃葉が生きている、ということは間違いないようだ。浅見は安堵の息をついた。

だが、そうなると絃葉はどこにいるのだろう、という疑問がますます大きくなる。

「お嬢さんに恋人がいたなんてなあ。俺にはそれが一番驚きだ。しかもその人が殺されたなんて」

寛介は、蓮太郎という人がどんな人なのか気になるようだ。それで浅見と紫堂は、蓮太郎の容貌などを教えてやった。

「見た目だけじゃない。なかなかいいやつなんだ。なあ、浅見」

「うん。僕もいい人だと思ったよ。真面目で誠実で、妹思いで親孝行なんだ」

「だけど、妹や親とは血の繋がりはないんだろう？」

「血の繋がりに関係なく優しくできるんだから、本当にいい人なんだよ。だけどなあ……」

蓮太郎が実の母を求めていたのは間違いない。蓮太郎の心の中にある寂しさは、蓮太郎にしかわからないものかもしれない。

「蓮太郎さんに、自分が実の母だと名乗り出た人がいたんだよ。しかもその人は父親だという人まで連れて来た。僕はそれが嘘だと思っている。目的ははっきりとはわからないが、蓮太郎さんの心をもてあそぶ、ひどい所業だと思うよ」

「へええ、そういう人がいたんだ。それ、どこのだれなんだ？」

「知ってるかな。木村多佳さんという人だ。旦那さんは今、不知森の前で蕎麦屋をやっているよ」

寛介は、「ええっ」と頓狂な声を出した。

「知ってるよ。町会議員の木村久右衛門の息子だろう？　女房に逃げられて蕎麦屋をやっているっていう。そうか、たしか女房は多佳っていう名前だったな」

「お多佳さんが言うには、茂太さんと一緒になるずっと前、若い頃に産んだのが蓮太郎さんだと言うんだ。相手の男はお多佳さんが身ごもったことを知ると逃げてしまったと言っていたよ」

「お多佳さんはつくづく男運の悪い人だな」

　寛介は訳知り顔でうなずいた。

「お多佳さんが男と逃げたっていう、もっぱらの評判だけど、それには仕方のない訳があると思うよ、俺は」

「訳があるんですか？」

「うん。町会議員の息子に女がいるって話を聞いたことがある。旦那が浮気していれば、自分もって気になっても仕方ないよな」

　そういうものでもないだろう、と浅見は心の中で疑問に思いながらも、茂太に浮気相手がいたというのが驚きだった。

　自分にとってお多佳はただ一人の女で特別なのだ、と熱く語っていた茂太である。寛介の話だと、お多佳がいなくなってから作った女ではなく、茂太の浮気が原因でお多佳は男と駆け落ちをしたことになる。しかし、とてもそうは思えない。

　浅見が物思いにふけっていると、寛介が話を続ける。

「蕎麦屋の主人がそんなだから、女房が行徳の男と浮気するんだよ」

「お多佳さんの相手は行徳の人なんですか？」

　浅見は勢い込んで訊いた。紫堂も身を乗り出している。

「なんていう男なんだ？」

「いや、そこまでは知らないよ。だけど行徳で荷を積み下ろしする人足だ。前に見かけたことがある」

浅見はカエルに似ているという男の特徴を教えた。それを聞いた寛介は、たしかにカエルに似た男だと言う。顔の特徴は合っている。

寛介は仕事の疲れが出てきたのだろう、「俺はもう寝るよ」とあくびをかみ殺した。

「布団がなくてすまないな」

浅見たちは囲炉裏端で寝ることになるらしい。夜着も貸してくれたので、なんの不満もない。

寛介が行ってしまうと紫堂は言った。

「お多佳さんの相手が行徳の人足だったとはな。それじゃあ、お多佳さんは行徳にいるのかな」

「そうかもしれないな。明日は行徳へ行って、その人足を探そうじゃないか」

「うん。しかし顔の特徴はわかっているけど、どうやって探すんだよ。船着き場で張り込むのか？」

紫堂は眠たげな間延びした声になっている。

張り込むことになるかもしれない。だが人足に聞き込みをするという手もある。仲間のことなら顔の特徴で、あの男だ、とわかるかもしれない。

そんなことを考えているうちに、浅見も眠りに落ちていった。

2

朝食も芋のお粥だった。魚の燻製の代わりに大根の漬物が付いていた。浅見が宿代として出したお金のことを、寛介から聞いたのだろう。寛介の兄夫婦は口数は少ないものの、にこにことして愛想が良かった。

食事を終えると丁重に礼を言って、寛介の家をあとにした。

行徳に向かう足は自然とはやくなる。ずっと知りたかったお多佳の相手の男が、やっとわかるかもしれないのだ。一晩ゆっくり寝たので、紫堂は元気を取り戻していた。

船着き場は今日も活況を呈していた。ちょうど東京から船が着いたところで、白衣の参詣人や着飾った夫人とお供の老人、軍人に商人風の男。様々な身分の人々がどこか高揚した感じで下りてくる。

乗客がみんな下りてしまうと、人足が荷を下ろし始める。

「おーい。奥の荷物も忘れるな」

船員が人足にかけた声に、浅見ははっとして振り返った。

船尾のほうに船員と頬被りをした人足がいる。

浅見たちは荷を担いで下りてきた人足の顔を、なんとか見ようと頑張っていたのだが、蓮太郎が言っていた人相の男は見つからなかった。人足たちは手ぬぐいで頬被りをしていたり、鳥打帽《ハンチング》を目深に被っていたりする者も多く、なかなか顔を確かめられないでいた。

浅見は、さっき人足に声を掛けていた船員が、船から下りるのを待って近づいていった。

「あなた、海野商会の若旦那とお知り合いのかたですよね」

庭に忘れ物の手拭いを届けにきた船員に間違いない。声が同じなのだ。浅見がそう言うと、船員はちょっと驚いた様子だったが、「ええ、そうですよ」と答えた。

ここで働いている人足で、こういう顔の特徴の男はいないかと訊いた。

「ああ、それなら篠田《しのだ》さんだな。今日は見かけないから休みなんだろう」

篠田は日雇いの人足なので、どこに住んでいるかは知らない。知りたければ内国通運《ないこくつううん》に問い合わせるようにと言う。内国通運会社は行徳船を運航している会社だ。

「そうそう休んでもいられないでしょうから、明日には仕事に出てくると思いますがね」

と船員は親切そうな笑顔を見せた。

「あのう、若旦那のいい女《ひと》が東京にいるって本当ですか？」

浅見は少し気になっていたことを口にした。

「ああ」

船員は、ばつが悪そうに苦笑いをした。

「ここんとこ、なんだか嬉しそうにちょくちょく東京に行くんでね。女でもいるんですかいって訊いたら、いないいって言ってましたよ。怖い顔して、そんなくだらないことを二度と言うな、なんて怒ってましたけどね」

「ここのところ、というのはいつ頃からですか？」

「そうだな、ひと月前くらいかな。若旦那はああ見えて結構堅物でね。これまで浮いた噂はなかったんですよ。だからついからかいたくなっちまって」

船員は陽気に言って笑い、仕事に戻っていった。

「若旦那の女が気になるのか？」

紫堂が不思議そうに訊いた。

「うん。なぜ秘密にする必要があるんだろうと思ってね。店の人たちも知らないようなんだ」

「訳ありの女なんだろう」

「そうかもしれない。だけど……」

「なんだよ。またつまらないことをうじうじと考えているのか。俺には明白なことに思えるがね。若旦那は人妻かなにかとわりない仲になった。だけどそんなことを親父《おやじ》さんに知られると叱られる。親父さんとは仲が悪いから、叱られるのは悔しい。それで内緒にしている、という訳だ。筋が通っている」

紫堂は自分の考えに納得してうなずいている。

「普通はそうだと思うよ。だけど清蔵さんはそういう人じゃない気がする。父親に叱られそうなことなら、むしろ公然と喧嘩をするんじゃないかと思う。さっきから妙な考えが湧いてくるんだ」

「妙な考えだと?」

浅見が説明しようとすると、向こうから清蔵がやってきた。人混みに紛れ、心持ち背を丸めている。人目を避けるようにしているので、こちらには気付かない。なにかひどく暗い顔で考え事をしているようだ。

清蔵は行徳船に乗り込むと船室の奥へ入って行き、姿が見えなくなった。

「僕たちも行こう」

戸惑う紫堂にかまわず、浅見は腕を取って桟橋を渡った。甲板《デッキ》に置かれた荷に隠れるように身を寄せた。清蔵のいる場所からなるべく遠いところ、というとそんな狭苦しい場所しかなかった。

「どういうことなんだよ」

出航すると紫堂はさっそく不満そうに訊いた。

「初めて清蔵さんに会った時のことを覚えているかい？　又左衛門さんはなにもわかっていないというようなことを言っていた。そしてこうも言ったんだ。『親父は女の気持ちがわからない』と。堅物で浮名を流したことのない清蔵さんが言う台詞としては、妙だと思わないか？　その上、東京に嬉々として通い出したのはひと月程前だと言うじゃないか。それにあの人は僕たちに隠し事をしている」

「ということは」

「うん。清蔵さんは絃葉さんのところへ通っている。僕はそんな気がして仕方ないんだ」

「吉田ハナのところからやっとのことで逃げて来た絃葉さんが、家にたどり着くか着かないうちに、今度は清蔵に連れて行かれたということか。しかもひと月以上も姿を見せないということは、自由を奪われているということなんだな」

紫堂は川面を睨むようにして見つめている。だが浅見の考えは少し違っていた。

蒸汽船が立てる水しぶきを見ながら、『僕の考えが当たっているといいのだが』と心の中でつぶやいた。

船は日本橋小網町の行徳河岸に着いた。数日、東京を離れていただけなのに、なんだか懐かしい気がする。ここからはお雪とおスミがいる銀座まで目と鼻の先だ。二人にすぐにでも会いたい気持ちを抑えがたく感じる。

荷の陰に隠れて乗客が下りるのを待つ。清蔵が下りたのを確認して、二人は下船した。

東京は行徳よりもはるかに人通りが多く、清蔵を見失わないようにと気をつけていたつもりが、あっという間に見失ってしまった。

「おい、見えなくなった」紫堂が言う。

「僕もだ」

ほんの一瞬、人の波に遮られただけなのに見失うなんておかしい、と思った時、後ろから肩を摑まれた。

「なんのつもりだ」

清蔵だった。

「俺のあとをつけてきたんだな。どういうことなのか説明してもらおうじゃないか」

清蔵の剣幕に浅見は震えあがり、思わず「すみません」と謝りそうになった時、紫堂が割って入った。

「説明してもらいたいのは、こっちだ。あなたはこれからどこに行くのですか？　そしてだれと会うのか、俺たちに言ってもらいましょう」

清蔵の顔がこわばった。

紫堂はこういう時、非常に頼りになる。相手がどんなに怒っていても、口では決して言い負かされることがないのだ。うまく言いくるめてしまうか、相手よりも強く出て言い負かしてしまう。ただそれはあくまでも「口で」の話で、暴力的な輩《やから》には俊敏な逃げ足を披露する。また、人間に対してはその場での、もっともよい選択をできる紫堂だが、相手が爬虫類となると、悲鳴を上げて腰を抜かすなどという失態を演じることもある。

清蔵は言葉に詰まり、顔を紅潮させている。

「言えないのなら、俺たちが言ってあげましょう。絃葉さんのところに行くんですね。みんなが絃葉さんの行方を捜しているというのに、これはどういうことですか？」

「な、なにを証拠にそんなことを……」

「浅見が探偵だというのをお忘れですか？　証拠は揃えてあります」

紫堂と清蔵のにらみ合いが一分ほど続いた。証拠などない上に、ただのはったりでここまで言えるとは、と浅見は感心するしかなかった。

「こんなところで立ち話もなんですから、絃葉さんのところでお話を聞かせてもらいましょう」

そんな紫堂の言葉で、清蔵はがくりと肩の力を抜いた。

「わかった。ただ、今後どうするかは紘葉の幸せを一番に考えると約束してくれ」

3

紘葉は清蔵が懇意にしている醬油問屋の隠居の家にいた。

そこは神田川近くにある静かな一軒家だった。隠居は息子に身代を譲ったあと、趣味の日本画に没頭し、写生《スケッチ》に出掛けることが多いという。今も隠居は留守で、紘葉が一人、居室としてあてがわれている離れで、隠居に教わった日本画を描いていた。

庭の草を描いたもので、朝顔が蔓を伸ばしている様子をみずみずしく描いていた。浅見に絵心はないが、ひと月でここまでのものを描けるとは並みの才能ではないと思った。

紘葉の着物は薄紫の夏物で、可憐な撫子《なでしこ》の柄だった。髪は三つ編みにして後ろでまとめたマガレイトというかたちに結ってあり、二つのリボンで飾ってあった。そのリボンは着物と共《とも》の生地で、涼しげな色合いが紘葉によく似合っていた。

見知らぬ男が二人もやって来たことに、初めは驚いていた紘葉だった。だが、清蔵が浅見たちを紹介し、おスミから頼まれて居所を捜していたのだと言うと、ふっと表情を緩め懐かしそうな顔をした。そして涙を隠すようにうつむいたのだった。

その姿があまりにも美しく魅力的で、浅見はくらりと目眩《めまい》がしたほどだ。隣の紫堂を見ると、柄にもなく頬を染めていた。

紘葉は一度部屋を出て、お茶と菓子を持ってきた。その菓子を見て、浅見は「ああ、やっぱり」と思った。菓子は船橋の有名な菓子店のものだった。家を出て不自由な暮らしをしている紘葉のために、せめてもの慰めを、と清蔵はわざわざ船橋まで菓子を買いに行ったに違いない。

着物といい菓子といい、清蔵がいかに紘葉を大切に扱っていたかがわかる。清蔵が紘葉をその意に反して監禁している、と疑っていた紫堂はどれほど驚いていることだろう。

「あの日」

清蔵は静かな声で話し始めた。

「紘葉は泥だらけの着物で、髪も乱れた姿で家の横の路地に立っていた」

清蔵が、『どうした。家に入らないのか』と訊ねると、紘葉は激しく首を振り、『一人になりたい』と泣き始めた。それまでは気を張っていたものと思われ、声を掛けられて一気に緊張が解けたようだ。

なにがあったのか知らないが、家に帰りたくないという気持ちは清蔵にもよくわかった。ちょうど行徳船の最終が、東京に向けて出るところだった。

「それからずっと、この家で世話になっているというわけですか？」

浅見は訊いた。

「そうだ。紘葉は怪我もしていたし、ひどく心に衝撃を受けたようでもあったので、訳を話して御隠居に紘葉を頼むことにしたんだ」

一週間ほどすると紘葉の心は、少しずつ快復していき、あの日に起きたできごとを話すようになった。

八幡町から家に帰ろうと不知森の前を通りかかった時、突然、通りの角から荷車を引いた女が出てきて、『地獄に落ちるぞ』と叫び、摑みかかってきた。

その形相の恐ろしさ言葉の恐ろしさ、そしてそこが日の暮れかかった不知森の前であることも手伝って、紘葉は恐慌《パニック》を起こした。女は紘葉の肩を揺さぶり、なおも『とんでもないことを』とか『おまえは畜生だ』『一緒に死んでやる』などとわめき続けた。

紘葉は恐ろしさのあまり気を失った。

気が付くと見知らぬ家の、窓のない一室に入れられていた。

「それで隙を見て逃げ出してきたのだそうだ。ちょうど通りかかった俥《くるま》に乗ったが、行くところと言えば行徳しか思いつかなかった。家の前まで来たはいいが、中に入ることがどうしてもできず、路地で途方に暮れているところを清蔵に見つかったのだった。

「そうだったな、紘葉」

「はい」と絃葉はうなずいた。

「その女とは面識もなく、なぜいきなりそんなことを言われたのか、わからないそうだ」

「その女の人は吉田ハナという人ですよ」

浅見が言うと、絃葉は顔を上げた。恐れとも戸惑いともつかぬ表情をして、「吉田ハナ」と小声でつぶやいた。

「その日、絃葉さんは、『疲れたので、俥で帰ります』と言って源三さんを先に帰したのですよね。源三さんは、あなたを俥に乗せて、そこで別れた。けれどもあなたは八幡宮のところで俥を降りたのですね。それはある人に会うためだった。違いますか？」

絃葉は長い時間、膝の上に置いた自分の手を見ていた。そして思い切ったように顔を上げると、清蔵のほうへ向き直った。

「兄さん、こんなにお世話になったのに、全部話してなくてごめんなさい」

「いいんだよ。だれにでも言いたくないことはあるさ」

清蔵は驚くほど優しい声で言った。「言いたくないこと」とは自分の父親の、絃葉に対する態度のことだろう。

初めは、清蔵が絃葉によからぬ思いを抱いて、この隠居所に連れてきたのかと思ったが、どうやら違うらしい。清蔵の意外な面を知って、浅見は心底安堵したのだった。

「それに俺は、紘葉がだれと会っていたのか知っている」

そう言って清蔵は少し苦しげな、そして悲しい顔をした。たぶん、蓮太郎の死を紘葉に告げにきたからなのだろう。

紘葉は清蔵の言葉を聞いて、ほっとしたような顔をした。

「実は私、連れて行かれた家で吉田ハナという人と話をしたのです」

紘葉が暗い、納戸と思われる部屋で目覚めると、そばにハナがいた。

ハナは紘葉の傷の手当てをしていたのだった。

『ごめんよ。脅《おど》かす気はなかったんだ』

そしてハナは言った。

『あんたはオレの娘だ』

それを聞いて紘葉はそれほど驚かなかった。近頃、母、志津が自分に辛く当たるのは、自分が本当の娘ではないからではないか、と思っていたし、それらしい言葉が志津の口から出たこともあった。ああ、やっぱりそうなのか、と得心がいっただけだった。

『うちには、あんたの兄さんが二人いる。熊造と龍造だ。うちは貧乏だから、子供は二人しか育てられないんだ。だから二人のあとに生まれた子供は子返ししなきゃならん。うちの人にも、それはきつく言われとった。だけどオレにはできなかった。殺して川に捨てたと嘘をついたんだ』

ハナは涙をハラハラとこぼした。

『おまえが初めて授かった女の子だ。可愛かった。できれば手元で育てたかった。だけどうちで育てるより、もっとましな家で育ててもらったほうが、おまえのためだったんだ』

仕方なかった。許してくれとハナは何度も泣きながら謝った。そして子育て善兵衛の家の前に捨てたことを打ち明けた。

その後、赤ん坊は川西という夫婦にもらわれて、東京で暮らしていることを知った。それは絃葉を捨ててすぐに、何食わぬ顔で『近頃、捨て子はあるかい』などと善兵衛の家を訪れていたし、絃葉の近況もたびたび訊いていたからだ。

『おまえが東京で幸せに暮らしていると聞いて、オレは本当に嬉しかった。だけど父親が死んで、志津は海野商会の旦那と一緒になったんだろう？』

そこまで知っていることに絃葉は驚いたという。

浅見も少なからず驚いた。そして善兵衛の家に行った時のことを思い出していた。あの時は、蓮太郎の死を知らせるために行ったのだ。そして蓮太郎はお多佳の話をしなかったかと。だが、もしあの時に絃葉が捨て子だと知っていたら、善兵衛に絃葉のことを訊ねたものを、と臍《ほぞ》をかむ思いだった。

「ハナさんは自分が捨てた子供のことを、ずっと善兵衛さんに訊いていたのです」

紘葉は、なにか大切なことを切り出そうとしているように、目に力を込めた。膝の上の手は固く握りしめられている。

「私の兄さんは熊造と龍造だが、もう一人いるのだと言いました。三人目は男の子で、その赤ん坊も私同様、名前も付けられずに善兵衛さんの家の前に捨てられました。その時も殺して川に捨てたと嘘を言ったのです。男の子を捨てて、三日ほどしてハナさんは善兵衛さんの家に行ったそうです。竹籠や野菜を売るふりをして。男の子は名前を付けられ、二歳頃まで善兵衛さんの家で育ちました。そして綾部という家に貰われていったのです」

「ええっ」と紫堂が大声を上げた。しかし浅見は驚かなかった。そういう事実があったのか、と妙に納得していた。それで吉田ハナの奇妙な行動も説明がつくというものだ。

清蔵は眉を寄せて、紘葉の言った意味を懸命に理解しようとしているようだった。

「そ、それでは、あなたと蓮太郎さんは兄妹だと……」

「そうです。あの日、私と蓮太郎さんが待合に入って行くのを、ハナさんは見ていたのです」

「待合に……」

浅見は街道から一本奥に入った道にある、うらぶれた待合を思い出した。人目を忍ぶ男女が使う連れ込み宿のようなところだ。

「ハナさんは不知森の角に隠れて私たちが出てくるのを待っていました。蓮太郎さんか私か、どちらでもよかったのだそうです。どちらかに兄妹だということを伝えて、関係を絶つように説得するつもりだったと言ってました。でも、私があまりにも驚いたのと、あの人もどう伝えていいのかわからなくなったのとで、あんなことに……」

ハナは気を失った絃葉を荷車に乗せ、葛飾村の家に戻ってきた。家族に知らせる前に、なんとか絃葉に言うべきことは言えた、とハナはほっとした様子だった。

納戸に絃葉がいることは、すぐに夫、つまり絃葉の父親の知るところとなった。

あの娘はなんだ、と騒ぎ立てる夫に、ハナは必死に説明をしていた。死んだはずの娘であるから、ハナは容易に夫を納得させられないでいた。

その争いを聞きながら、絃葉はふらふらと裏口から外へ出た。何をどう考えていいかわからなかった。

「あの時の気持ち……。無理に言葉で表せば、『悲しい』でしょうか。でも、そんな言葉で言い表せるようなものじゃありませんでした。足もとががらがらと崩れるような。自分の体がばらばらになって壊れてしまうような。この世がどこかに吹き飛んで無くなってしまうような。そんな気持ちでした」

紘葉の顔は青ざめていた。涙も出ていなかった。思い出せば、その時の衝撃がまざまざとよみがえるのだろう。息を大きく吸って紘葉は続けた。

「街道まで出ると、ちょうど俥が通りかかりました。私はそれに乗って、気が付くと『行徳の海野商会へ』と言っていました。でも家に着いても中には入れませんでした。とにかく一人になりたかった。自分の身になにが起こったのか、一人で考えたかったのです」

長い沈黙があった。庭に雀がやってきて、さかんに囀《さえず》っている。その平和な鳴き声がひどく場違いなものに思えた。

「ここへ来て、気持ちは少し落ち着きましたか？」浅見は訊いた。

「はい。兄さんのおかげで、どうにか」

紘葉はそう言って清蔵に微笑みを向けた。

「私が廣瀬《ひろせ》直船堂《ちょくせんどう》のお菓子が好きだと言うと、わざわざ買ってきてくれたのです」

清蔵が照れて赤くなると、紘葉はぎこちなく笑った。自分のことを思ってくれる清蔵に向けた、精一杯の感謝に見えた。

今この人に、蓮太郎の死を知らせるのは酷ではないだろうか。清蔵も迷っているようだ。

「もうしばらくこちらにいらっしゃるのですね」

「そのつもりです。ここの御隠居さんが、好きなだけいていいと言ってくださるので」

「そうですか。それはよかった」

気の毒な境遇の紘葉のまわりに、清蔵を含め優しい人がいてくれてよかった、と心から思った。

「あの人が私の本当の母なのに……あの時、私はすっかり気が動転して逃げてしまいました。『お母さん』とひと言呼べばよかったと、ずっと後悔しています。でも不思議ですね。私の母はやっぱり行徳の母一人だけという気がします」

「ハナさんをお母さんと呼ぶ機会は、この先きっとありますよ」

「そうですね」

紘葉は微笑んだ。

「それと、おスミちゃんには、私から手紙を書きます。私のことをずいぶん心配してくれていたのですね」

浅見は黙ってうなずいた。

浅見たちが暇《いとま》を告げ、玄関を出ると清蔵が追いかけてきた。

「紘葉がここにいることは、もうしばらく誰にも言わないでくれ。もう少し、紘葉の心の傷が癒えるまで」

「わかっています。ところで蓮太郎さんのことは、いつ知らせるつもりですか？」

「わからない。だが、教えるのは俺の務めだと思っている。兄としての」

清蔵は厳しさの中に優しさを滲ませてきっぱりと言った。

第九章　御高祖頭巾の女

1

「清蔵さんは見かけによらず、いい人だったんだな」

　紫堂が日本橋の行徳河岸へ向かう途中、そんなことを言う。

「又左衛門と一緒になって、紘葉さんを苦しめている嫌なやつだと思っていたが意外だった。俺はちょっと反省したよ。見た目で人を判断しちゃいけないって」

「僕も同感だ。それと人の言うことを鵜呑みにするのもいけないいな」

「源三さんのことか？　清蔵さんがいやらしい目で紘葉さんを見る、なんて言っていたものな。まあ、清蔵さんは又左衛門に負けず劣らず好色そうな顔をしているからな」

　浅見は思わず吹き出した。

「そうやって人の顔をどうこう言うのも、よくないのだがな」と自戒を込めて言った。

浅見たちが乗ったのは、最終便の一つ前の船だった。清蔵は最終便で帰るという。銀座の下宿には立ち寄らないことにした。お雪やおスミに会いたい気持ちはややまだが、紘葉の手紙が届くまでは、こちらからなにも言わない方がいいという結論に至ったのだ。

紘葉が見つかれば、浅見たちの仕事は終わりだ。だが、紘葉のために蓮太郎の死の真相を明らかにしなければならない。この点でも浅見と紫堂の意見は一致していた。

船は真っ暗な川を蒸気エンジンの音を響かせて進んでいく。月もなく陰鬱な夜だった。いつもなら陽気に聞こえるポンポンという音も、今日は心なしか哀調を帯びている。

行徳に着き、まるで当然のことのように海野商会の世話になるのは、なんだかとても気が引ける。紘葉のいどころを知りながら黙っているというのは、依頼料をもらっている身としては大変申し訳ない気がする。

海野商会の人々は、紫堂が無事に見つかってよかったと、とりあえず表面上は喜んでくれた。

海の幸、山の幸が所狭しと並べられた膳に、紫堂はすこぶる満足しているようである。恐ろしい目に遭ったあと、ろくなものを口にしていなかったことを思えば、それも無理からぬことだった。

翌朝は船着き場へ行くために早く起きて店を出た。すると源三が店の前を掃いていた。

「源三さん」

浅見は駆け寄って源三を脇へ連れて行く。

「これから僕が言うことをよく聞いてください。だれにも言ってはいけませんよ」

源三は驚いていたが何度もうなずいた。

「紘葉さんは生きています。あるところで元気に暮らしています。時が来たら、ここに戻ってくるでしょう」

「時が？　い、いつです」

「もう少しですよ。でも、紘葉さんが帰ってくるまで人に言ってはいけません。もし言ったら紘葉さんは帰って来られなくなりますからね」

浅見は「帰って来られなくなる」のところを特に強調して言った。そして、酒を飲んで言ってはだめだと念を押した。

「わし、お嬢さんが帰ってくるまで酒は飲まない」

源三は喜びの涙に暮れて、「絶対に飲まない」と誓った。

船着き場に向かうと、隣を歩いていた紫堂が言う。

「大丈夫なのか？　源三さんに喋っちまって」

「多分、大丈夫だ。源三さんは紘葉さんが死んだものと思っていた。少しでもはやく教えてあげたかったんだよ」

振り返ると源三は、箒を持ったまま天を仰いでいる。まだ泣いているのだろう。肩が小さく震えていた。

「しばらくは仕事が手につかないかもな」

紫堂は笑った。

早朝の船着き場で、篠田金吾《きんご》という人足を探した。もし朝一番の船の荷を積むのなら、仕事の前になんとか話をする約束ができないものかと思っていた。

しかし金吾は昼近くまでやってこなかった。

ようやくやってきた金吾は、三十代後半の見かけは冴えない男だった。お多佳が茂太よりもこの男を選んだとは、俄《にわか》に信じられなかった。

東京者らしい二人の男が自分に用があると聞いて、金吾はいささか緊張しているようだ。

「俺になんの用だ」

目深に被っていた鳥打帽《ハンチング》を取った。すると薄い頭髪と、額の深い三本の皺が露わになった。そうなると離れた大きな両目や、全体に潰れた感じの顔はカエルそっくりだった。

「木村多佳という女性を知っていますか?」

金吾の目が泳ぐ。

「知っていたら、どうだっていうんだ」

「あなたは……その……。お多佳さんと一緒に暮らしてらっしゃるのですか？」

「いいや。そんなわけねえだろう。あの女は亭主がいるんだからな」

金吾はふてぶてしく笑った。

「それでは今は連絡も取り合っていないということですか？　お多佳さんとは、もう別れたのですか？」

「別れたもなにも、もともとあの女とは、なんでもねえよ」

「でも、二人で綾部蓮太郎さんのところへ行きましたよね」

「あのことか。あれはお多佳に頼まれたんだ。蓮太郎の父親のふりをしてくれって」

「それでどうして約束していた松川旅館に行かなかったのですか？」

金吾は、「ああ」と眉を上げた。そういう顔をするとますますカエルに似ている。紫堂の喉が、ぐっと音を立てた。どうやら笑いをこらえているらしい。

「そんなことを訊きにわざわざ来たのか？　あんたら、いったいなんなんだよ。お多佳に頼まれたのかよ」

「実はお多佳さんは、今どこにいるのかわからないのです。あなたが綾部蓮太郎さんと会う約束をした日を境に姿を消してしまいました。そして蓮太郎さんは亡くなりました。何者かに殺されたのです」

「ちょっと待ってくれよ。俺が殺したとでも言うのか？　冗談じゃない。俺はなにも知らない。ただ、面倒になって逃げちまっただけだ」

「逃げた？」

浅見と紫堂は、ずいと金吾に詰め寄った。

なにから逃げたのか。だれから逃げたのか。きっちり話してもらおう、という意図は充分に伝わったようである。

「まず、お多佳さんとはどういう関係だったのか正直に話してくれ。俺たちには刑事の友だちがいるんだ。船橋署にな。いい加減なことを言うと、どうなっても知らんぞ」

紫堂は目に力を込めて凄《すご》んでみせた。迫力は満点だ。金吾は震え上がった。すっかり気《け》圧《お》されて、干からびたカエルのようになった。

「お、お多佳とはたいした付き合いじゃないんです。去年の夏頃だったか、そこのうどん屋で偶然会ったんだ」

金吾は振り返って笹屋うどん店を指さした。

昼時だったので、店は混み合っていた。金吾は見知らぬ女と相席になった。それがお多佳だった。

　お多佳は心ここにあらず、といった体《てい》だったのでずっと気になっていた。お多佳はうどんを食べ終わり、いざ勘定を払う段になって財布がないことに気がついた。どこかで財布を掏《す》られたようだった。気の毒に思った金吾はうどん代を払ってやった。

　するとお多佳は礼を言うと泣きだしたのだった。

『おめえ、大げさだろう。たかがうどん代だ』

　金吾が言うとお多佳は自分の境遇を話し出した。夫の茂太とはそりが合わず、別れたいと言っても承知してもらえない。それどころか、家から出ないように見張りを付けられる始末だった。

　その日はなんとか家を抜け出してきた。荷物は必要最低限のものを風呂敷に包んで持って来た。東京へ行けばなんとかなると思い、行徳まで来たが財布を盗まれるとは、どうして自分はこんなについていないのだろうと、ただただお多佳は嘆いていたという。

　だれかに話を聞いてもらいたかったらしく、金吾を相手に自分の生い立ちなども語った。

　そのうちに、八幡町で自分のことを母親だと思っているのか、いつも笑いかけてくる若い男がいる、という話になった。その男は、行徳の金持ちの娘と恋仲だという。

　金吾はお多佳を慰めようとしたのか、それとも気を引くためなのか自分でもわからないが、『お多佳を母親と信じ込ませて、からかったら面白いな』などと思い付きを言った。

それから二人は、『もしも』の話として、金持ちの娘から金を引き出すために、芝居を打ったらうまくいくのではないか、などと話し合った。

それはその場限りの戯《ざ》れ言《ごと》だと思っていた。

しかし、数日してお多佳がやって来て、一緒に綾部蓮太郎に会って欲しいと言う。蓮太郎に会って、先日、話をしたように金吾は父親のふりをする。『家族三人で暮らすための家が見つかったが、他にも買いたい人がいるので、早く手付けを打たなければならない。金吾はもっと割のいい仕事が見つかったので、すぐにでも裕福な暮らしができるだろう。ついてはおまえの恋人の、紘葉に金を借りることはできないか。ちゃんとした両親と家があれば、紘葉の親も結婚を許すだろう。悪いが今のままの蓮太郎なら、結婚を許されるとは思わない』

「そういう筋書きでした。俺は、まさか本当にやるとは思わなかったので呆れてしまったんですがね、お多佳は絶対うまくいくと言うんです。そう言われると俺もなんだかそんな気がしてきて、うまくいけば大金が手に入るわけだから話に乗りました」

まずお多佳と一緒に、蓮太郎が働く牛鍋屋に行った。蓮太郎は金吾が父親であるという話を信じた。お多佳が言っていたように、頭は悪くなさそうなのに、よほど親の愛に飢えているのか、すっかり信じてしまったようだ。

二人は松川旅館へ向かった。人目を避けて裏道を歩いていると、突然、お多佳が、『隠れて』と小声で鋭く言った。

金吾はすぐそばの家の陰に身を潜ませた。

『あとで松川旅館で』とお多佳は早口で言った。

「俺はすぐにわかったね。お多佳の旦那が向こうからやって来たんだろうって。声を聞いただけだが、神経質そうで嫉妬深そうな声だった。『今、男と一緒に居ただろう』ってお多佳を責める声が聞こえたよ。あんな旦那がいるんなら、これ以上お多佳とかかわらないほうがいいと思った。それで松川旅館には行かず、そのまま行徳に帰ってきたんだ。お多佳があとから文句を言いに来るかと思ったが、なんとも言ってこなかった。だから亭主との仲が戻ったのかなと思っていたよ」

「向こうからやって来た男というのは、お多佳さんのご亭主に間違いないですか？」

「さあな、たしかにとは言えねえが、ああいう言い方をするのは亭主だろうと思ったよ」

茂太とは蕎麦屋で会うだけだったが、いつものんびりしていて温厚そうな人だと思っていた。だが、そういえばお多佳は特別なんだよ、と熱い思いを語った時は意外に思ったものだ。茂太にはそういう一面があるということなのだろう。

「その日はお多佳さんも松川旅館に行かなかったんですよ」

「へええ、そうかい。亭主に見つかっちまって家から出られなかったんだろうな」

「お多佳さんは、蓮太郎さんと紘葉さんが恋仲だったことをどうして知っていたか、言っていましたか？」

二人の仲を知っていたのは、お咲だけだった。それほどまで慎重に秘密にしていたのに、お多佳はどうやって知ったのだろう。

「お多佳の昔からの知り合いに、待合で働いている女中がいるそうなんだ。その女が、牛鍋屋の店員と行徳の社長令嬢が待合で逢い引きしてるなんて面白い、とお多佳に洩らしたらしい」

浅見は不快に思って顔を歪めた。待合の女中は自分が見聞きしたことを、他に洩らさないのが普通だ。だが場末の待合なら、そんな倫理意識も低いのだろうか。お多佳がそんな話を聞きさえしなかったら、金吾との悪巧みもなかったものを。

2

金吾に礼を言って別れ、浅見たちは船橋署へ向かった。金吾から聞いた話の中に、蓮太郎殺しの犯人に繋がるものはないように思えた。ただ、お多佳の人となりが、なんとなくわかったのは収獲だった。

「お多佳さんは、やっぱり東京に行ったのかな」

「そうだろうな。茂太さんはいい人だと思っていたけど、嫉妬深いとはね。そういう男は嫌われるんだよ」

紫堂は訳知り顔にうなずいた。

船橋に向かう足は自然に速くなった。

平次郎が心配だった。心の均衡を乱して辛い思いをしているのではないか。自分に不利になることを口走ってしまうのではないか。訊問の辛さに耐えかねて、自分の命を絶ってしまうのではないか、などと最悪のことまで考えてしまう。

しかし、浅見も平次郎が完全に無実であるとは思っていなかった。投書の内容が本当なら一応の動機はあるわけだ。

船橋署に到着すると、すぐに瀬崎を呼んでもらった。

「いやあ、浅見さん。いいところにおいでになった。行徳にいらっしゃると聞いたので、使いを出そうかと思っていたところなんです」

「なにかありましたか？」

応接室に通されるとすぐに浅見は訊いた。期待と嫌な予感とが、半分半分に心の中に湧いて出る。

「平次郎が吐きました。御高祖頭巾の女はお鶴《つる》という旅館の仲居をしている女だそうです」

最初は知らない女だと思っていたが、よく考えれば、あれはお鶴だったという。

平次郎はお鶴とは三本松の下で落ち合う約束をしていた。そこから人力車で不知森へ行き、あらかじめ呼び出しておいた蓮太郎を、平次郎が不知森の中に誘い込み、首を絞めて殺したうえで、首に掛けた縄をカシワの木の枝に引っかけて吊るした。

お鶴とはずっと懇意にしていた。平次郎に同情していて、蓮太郎に復讐する手伝いをしてくれた。

蓮太郎に不知森に来るようにと言ったのはお鶴だ。両親が揃っていて経済的にも豊かなことで、平次郎は昔から蓮太郎に嫉妬されていた。女ができると蓮太郎は必ず横取りしようとする。最初が紘葉であり、今回はお鶴だ。平次郎の人生が狂ったのはすべて蓮太郎のせいである。不知森に入ったにもかかわらず生還したのは、自分が特別な人間だからだ。自分には蓮太郎に復讐する権利がある。蓮太郎の死は必然であり、不知森を汚《けが》す者はこのように、天罰が下るのだということを万人に知らせるのは、自分の天命である。

「と、まあ、もともとおかしいやつでしたが、言ってることは一応筋は通っているものの、やはり普通じゃありませんな。しかしながら自分が殺した、というところははっきりしてます。わざわざ真っ昼間に死体を吊るしたのも納得がいくというものです」

浅見は、平次郎の「自白」を聞いて、しばらく二の句が継げなかった。平次郎が自分で語ったとは思えない。これは警察が作り上げた話ではないだろうか。その作り話に平次郎は、ただうなずいただけという気がする。

「不知森で殺されるまでのあいだ、蓮太郎さんはどこにいたのでしょうか？」

「そのへんのところは、平次郎もよく知らないようでした。今、お鶴をここへ呼んでいます。そうしたらはっきりするでしょう」

瀬崎は一仕事終わった人のような顔で煙草を吹かしている。そのうちにお鶴が到着したという知らせが入った。

「平次郎が自白しましたから、お鶴もすぐに口を割るでしょう。しばらくお待ちください。お茶と団子を届けさせますから」

そんな気遣いはいらないと断ったのだが、「遠慮なさらずに」と瀬崎は笑顔で部屋を出て行った。

「平次郎さんがまともに受け答えできないのをいいことに、これでさっさと幕引きをするつもりだな」

紫堂は届いた団子を頬ばりながら、不快感を露わにして言った。

浅見も同感だった。それでもお鶴がなにを喋るか、それまでは考えを保留にしておくつもりだ。

ずいぶん長い時間を待った。窓の外に暮色が漂い始めた頃、ようやく瀬崎がやって来た。

「平次郎の自白の裏付けが取れました。平次郎がお鶴に懸想していたというのは、間違ってなかったようです。ただ、平次郎は好き合っていると思っていたようですが、お鶴は違うと言っています。平次郎の一方的な感情だったようです」

お鶴は平次郎に頼まれ家に迎えに行った。なんのために自分が呼ばれたのかはわからない。言うことを聞かなければ、どんな目に遭うかわからず、怖いので言う通りにした。

二人乗りの人力車で来るようにと言われていたので、その通りにした。だが家まで行かないうちに、三本松のところで見かけたので同乗させた。

平次郎は不知森に行くように車夫に言えと命じた。その時は、平次郎は普通の人のようだった。頭がおかしいというのは、そういうふりをしていたのだと思った。

二人は不知森の前ではなく、横手で俥を降りた。

平次郎が、『これから面白いものを見せてやる。森の中を見ていろ』と言うなり不知森の中に入っていったのでとても驚いた。恐ろしくて声も出なかった。

平次郎は森の中ほどの大きなカシワの木まで行くと、枝に引っ掛けてあった縄を引き始めた。なにかが引き上げられていくのが見えた。それが人のような気がして怖くなり、そのまま後ろも見ずに逃げ帰った。警察に通報することも考えたが、平次郎の怒りを買って報復されるのが怖くて黙っていた。

「と、まあ泣きながら言うわけです。どうも私は女に泣かれると弱いのですが……。あ、いや、それでも厳しく追及しましたよ。つまり平次郎はお鶴に気があって、自分の力を誇示するために蓮太郎を殺した現場を見せた、という訳です。御高祖頭巾を被って顔を隠したのは、平次郎なんかと会っているところを人に見られたら、なんと噂されるかわからないからだそうです」

「投書を書いたのは、お鶴さんなんですか？」

「いいえ、投書のことは知らないと言ってましたね」

平次郎の供述にはおかしなところもあるので、これからもっと詳細なものにしていく、と瀬崎は意気込んでいる。

「またなにかわかったらお知らせしますよ」

瀬崎はそう言って、にっこりとうなずいた。

浅見たちは礼を言って船橋署をあとにした。

「まったく親切だな。あの瀬崎って刑事は。よほど俺たちを留置場に入れたことを後悔してるんだな」

紫堂は、さも可笑しそうに言った。

「平次郎さんの自白をどう思う？」

紫堂のお気楽な放言に返事をする気にもなれなかった。紫堂も別段気にするでもなく、

「そうだなあ」と案外真面目に考えている。

「最初は、警察が誘導訊問をして平次郎さんが自白させられたと思ったが、お鶴の話と所々符合するところもあるしな」

「うん。だけど、あの蓮太郎さんがそんなふうに憎まれるような人だろうか。僕にはとてもそうは思えない」

「俺も同感だが、平次郎さんの精神状態が悪くて、そういう妄想を抱いたということも考えられるぞ」

「もう一度、平次郎さんと話ができないだろうか」

「瀬崎さんに頼めば会わせてもらえるかもしれないが、平次郎さんがまともに答えるかどうかわからないぞ」

「それはそうなんだが、僕にはどうしても平次郎さんが犯人だとは思えないんだ」

3

その日はまっすぐ松川旅館へ行った。喜楽庵に寄って、茂太に警察の捜査状況を知らせてやることも考えたが、どうも平次郎のことが気になり、そういう気になれなかったのだ。旅館の部屋に寝そべり、お咲のことを考えていた。明日はもう一度お咲の家に行き、励ましてやろうか。いや、自分が励ましたところで傷心のお咲を慰めることなどできないだろう。自分がお咲に会いたいのだ。ただそれだけだ。

紫堂は風呂に行ってしまい、いやに静かだった。

「今日はいつもの部屋じゃないのだな」とぼんやり考えていた。

そこへ仲居が膳を運んできた。仲居も前の仲居ではなかった。前の仲居なら、紫堂が風呂に入っている時に膳を持ってくるようなことはしなかった。どうしてわかるのか、いつもちょうどよい頃合いを見計らって食事を出したり、布団を敷きに来たりしていた。

「この部屋は初めてだな」

「おやそうですか？　いつもはどのお部屋でした？」

「萩という部屋です」

「ああ、萩の間ですか。茶室のついている部屋ですね。あそこは特別なお客様が入るんですよ。お客様はお若いですけれど、どんなお仕事を？」

「あ、いや、僕は大した仕事じゃありません。それより、特別なお客というのは、たとえばどんなお客なんですか？」

「そうですね。お役所のお偉いさんとか、陸軍の将校さんとかですね。秘密の話をする時はうちの萩の間を使うんです」

仲居は忍び笑いをし、「内緒ですけどね」と前置きして、「ついている茶室が人気なんですよ」と意味ありげに言った。

「茶室が人気？　それはどういうことですか？」

「ふふふ。これ以上は言えません。みなさん便利にお使いになってますから」

「茶室があるなんて気が付かなかったなあ」

「そうでございましょう？　部屋の中からはわからないんですよ。一度、広縁《ひろえん》に出ますと、ちょっとわかりにくいのですが、茶室に入る戸があるんです。あ、ひょっとして」と仲居は浅見の顔をまじまじと見た。

「お客様は、お鶴ちゃんのお知り合いなんですか？」

「え？」

「萩の間はお鶴ちゃんの受け持ちなんですよ。そうと知っていれば、萩の間にお通ししましたのに。今日はお休みを取っているんですよ。すみませんでしたね」

「いえ、いいんですよ。今日はどうしてお休みなんですか？」

「なんでも大事な用事ができたとかで」

この仲居は理由までは知らないらしい。船橋署に参考人として連れて行かれたのは、この仲居のお鶴に違いない。

これは偶然なのだろうか。

浅見が考え込んでいると、仲居は勘違いをしたようだ。

「お鶴ちゃんがいなくてがっかりしているってことは、まだご存じないんですか？　お鶴ちゃんはもうじき所帯を持つんで、ここを辞めるんですよ？」

「ご結婚されるのですか。どなたと？」

「さあ、そこまでは。でも、お嫁に行ったら一生安泰だって言ってましたから、どこかのお金持ちなんでしょうね」

仲居は、もう一人の客がなかなか戻ってこないので、給仕はせずに部屋を出て行った。

紫堂は肩に手拭いを掛け、鼻歌交じりで戻って来た。

「紫堂、御高祖頭巾の女はここの仲居だったよ」

「本当か」

「僕たちが泊まった萩の間の担当だったそうだ」

「へえ、奇遇だな」

紫堂は美味そうにご飯を頬張っているが、浅見は箸が進まなかった。

「あの部屋には茶室がついているそうだ。あとで行ってみないか？」

「ああ、いいよ。おまえは茶の湯の趣味があったのか？」

「一通りはできるけれど、それほど好きではない」

「ふーん」

それなのになぜ、わざわざ茶室を見に行くのだ、と言いたげだが食べるのに忙しいようだ。

食事が終わると膳を下げてもらい、そうそうに布団も敷いてもらった。これで邪魔をされることなく萩の間を見に行くことができる。

二階の一番奥に萩の間はある。

改めて見てみると、他の部屋とは接していない角部屋である。幸い客はいないので、足音を忍ばせ入室して襖を閉めた。

行灯《あんどん》をつけると、ぼうっと室内が明るくなる。

行灯を持って広縁に出る。なるほど突き当たりに扉らしきものが見える。

「紫堂、こっちだ」

扉を開けると、そこはこぢんまりとしたごく普通の茶室だった。廊下側に障子があって、そこも出入りできるようになっている。

浅見は行灯を掲げて茶室の中を見回した。

「どうした。なにか気になるのか」

「うん。すごく気になるんだ」

お鶴がここの受け持ちだったことが、単なる偶然とは思えない。

床に掛けてある掛け軸を持ち上げてみる。ここはちょうど向こう側の部屋の床の間があるところだ。

子細に観察すると、壁に二本の筋が見える。壁が自然にひび割れたものではなく、二本の筋は平行線になっていた。

「紫堂、この行灯をここで持っていてくれ」

行灯を紫堂に渡し、浅見は萩の間に戻った。

やはり思った通りだった。床の間に設《しつら》えてある一方の違い棚から明かりが洩れていた。

棚板の上下にわずかな隙間があるのだ。

茶室に戻り紫堂を連れてくる。

「このあたりで」と部屋の真ん中を指さし、「なにか喋ってくれ」と頼んだ。

紫堂は怪訝な顔をしていたが、言われたとおりに、「あー、あー。本日は晴天なり」と繰り返した。声の大きさも、ごく普通の会話のようで申し分なかった。

その調子で、と手で合図して、浅見は茶室にとって返した。

茶室の掛け軸をめくると、紫堂の声がよく聞こえた。

「本日は晴天なり。本日は晴天なり」

4

「で？　どうなんだ」

「だめだ。まだ何かが足りない」

二人は昨夜から同じ会話を何度となく繰り返していた。紫堂が眠ってしまっても、浅見の頭は忙しく働いていたので、今朝は寝不足だった。

茶室から萩の間の会話を盗み聞きできるとわかって、何かが繋がりそうなのだが、どうしてもそこから先に進めないのだった。

「お鶴が、俺たちの話を聞いていたとして、それがどんなふうに蓮太郎さん殺しにつながるんだ？」

紫堂は首をひねる。

「だいたいお鶴と蓮太郎さんとに接点があるのか？」

紫堂の言う通りだった。お鶴と蓮太郎が顔見知りだったとしても、蓮太郎が殺される理由があるとは思えない。

しかしお鶴の存在はなにかを示唆している気がしてならない。

浅見はもう一度、初めて松川旅館に来た時のことを思い出していた。

あの時は源三がいて、紘葉の話を聞いていたのだ。海野家での紘葉の気の毒な境遇と、紘葉はすでに自死しているのでは、と源三が言ったことに少なからず衝撃を受けた。

そのあとに蓮太郎がやって来て、お多佳を自分の母親だと思っていることや、父と名乗る人が現れたことなどを話した。

何度思い返してみてもそれだけだ。お鶴がその話を盗み聞きする理由がわからないし、聞いたからといって殺人に繋がるとも思えない。現にお鶴は、自分は関係ないと言っているのだ。

「うーん。やっぱり関係ないのかなあ。いや、しかしどうしても僕には、蓮太郎さん殺しの真相に近いのは、平次郎さんではなくお鶴さんだという気がするんだ。だけどどうしてそう思うのかが、まったくわからない」

浅見は首を振った。

「船橋署に行って瀬崎さんにもう一度話を訊けば、閃《ひらめ》くかもしれないぞ」

紫堂の言葉に浅見はうなずいた。

「そうだな。こうやって考えていても埒《らち》があかない」

二人は松川旅館を出て歩き始めた。船橋のほうへ道を曲がろうとした時、ふと思い立って喜楽庵に寄ることにした。

まだ開店はしていないが、準備のために茂太は働いているだろう。思っていた通り、茂太は仕込みのために働いていた。浅見たちが店に顔を出すと、これから朝飯なので少し待っていてくれと言う。これも予想どおり、お咲はまだ仕事には復帰していない。

茂太は蕎麦つゆと飯と漬物、という簡単な朝飯を整え、浅見たちにお茶を出して前に座った。

「へえ、これから船橋署に？」

茂太は飯を頬張りながら言う。

「ええ、あそこの刑事さんが親切でいろいろ教えてくれるんです」

瀬崎は、浅見たちに特別に情報を流してくれているので、茂太にすべてを話すわけにはいかないが、平次郎が蓮太郎殺しを自白したことや、松川旅館のお鶴がかかわっているらしいことを話した。

「平次郎が殺したとは……。ちょっと信じがたいな」

「そうなんですよ。僕も信じられません。蓮太郎さんを憎んでいたというのです。紘葉さんを巡って二人の間に争いがあったと。二人は友だちだったんですよね。そんなことってあるでしょうか」

「そうだな。だけど女ってのは油断がならないからな。大人しそうな顔をしていても、自分を取り合って争うのを楽しんでいたのかもしれない」

一瞬、茂太らしくない意外な言葉に思えた。しかし篠田金吾から聞いた話で、茂太には嫉妬深い一面があることを知ったので、なるほどと思った。お多佳に裏切られたと思っている茂太が、女性に対してそういう厳しい見方をするのもうなずけるのだった。

「そのうえ平次郎がおかしくなったのが、蓮太郎くんのせいなら、それを恨みに思うのも仕方ないかな」

茂太は食べ終わった器を脇にどかし、煙草を吸い始めた。

「しかし蓮太郎くんがねえ。意外だな。優しい性格の人だと思っていたから」

「そうなんですよ」

紫堂も大きくうなずく。

「不知森の中で平次郎さんを殴ったのが蓮太郎さんだなんて……。その理由が紘葉さんを取り合ってっていうんだから、ちょっと信じられないですよ。やっぱり平次郎さんの病気はまだ治っていなくて、全部、平次郎さんの妄想なんじゃないのかな」

紫堂はこれで正答が出たとばかりに、腕組みをして胸を反らした。

「妄想か……」

茂太は煙草の煙と一緒に言葉を吹き出した。

「ま、そういうわけで船橋署に行ってきますよ。まだわからないこともあるのでね」

「平次郎はどうなるんだろうね。病気のせいなのだから、そう重い罪にはならないんだろう?」

紫堂は、自分にはよくわからないがそのはずだ、と曖昧に返事をしている。

喜楽庵を出て街道を歩きながら、浅見は茂太との会話を反芻《はんすう》していた。そしてお咲が今どうしているのか、元気なのかを訊ねるのを忘れたな、などと考え、またなぜか茂太と話したことを何度も思い返すのだった。

「どうした、浅見。さっきから、いやに口数が少ないな」

「ちょっと考え事をしていた」

「お咲ちゃんのことか？」

紫堂はからかうように言う。

「お咲ちゃんのことも考えるには考えた。だけど、蓮太郎さんを殺した犯人のことだよ。あと一つ何かの欠片《ピース》があれば、すべてが繋がるような気がしていた。その欠片が見つかったような気がする。だけどまだだ。確かめなければ」

浅見は足を速めた。そして突然立ち止まった。

「おい、どうしたんだ」

「霊法さんの家は知っているか？」

「さあ、どこだったかな。聞いたような気が……。そうだ。真間川の向こうだ。川沿いに住んでいると言っていた」

浅見は駆け出した。橋を渡ると、会う人会う人に占い師の家を知らないか訊いた。

五人目でようやく霊法の家を知っている男に出会えた。

霊法の家は川縁《かわべり》の傾きかけたあばら屋だった。

「おい、なんで霊法さんの家に」

ようやく追いついた紫堂が、息を切らして言う。

「霊法さんに確かめたいことがあるんだ。それが最後の欠片かもしれない」

浅見は玄関の引き戸に手を掛けた。鍵は掛かっていない。がらがらと立て付けの悪そうな音を響かせ戸を開けた。

「霊法さん、お訊きしたいことがあるのです」

霊法はまだ布団の中にいた。

半身を起こして、「えええ」と腑抜けた声を出した。

5

浅見と紫堂は船橋署へと急いでいた。

「それで、霊法さんの話でなにがわかるというのだ」

紫堂は納得がいかない、という顔だ。

「待ってくれ。もう少し頭の中を整理したいんだ」

船橋署に着くまでにすっきりと、確信が持てるほどに一から考え直したい。

船橋署では事態が一変していた。蓮太郎の叔父である勇吉が重要な被疑者として逮捕されていたのである。

勇吉は大高善兵衛の隠居所に行き、蓮太郎が預けたものを返してくれと要求した。善兵衛が断ると勇吉は殴りかかり、首を絞めるなどの暴行を働いたので、女中が近くの巡査を呼び逮捕に至ったという。

善兵衛はお咲の櫛箱を預かっていた。蓮太郎からは、お咲の嫁入り道具として渡すので、それまで預かって欲しいと言われていた。

だが先日浅見が来た時、帰り際に非常に大切なものであることや、ひょっとするとお咲以外の人が取りに来るかもしれないが、決して渡さないようにと耳打ちされた。

善兵衛は妙なことを言うな、と思ったが、意味もなくそんなことを言うはずがない、と思い直し、心に留めておいたのだった。

その後、勇吉が櫛箱を渡すようにと言ってきた。これからはお咲と母親の面倒を見るのは自分なのだからと。もし浅見から言われていなかったら、渡してしまったかもしれない、と浅見に感謝していたという。

「浅見さんは、なぜ勇吉が櫛箱を取りに行くことがわかったのですか？」

瀬崎は応接室で向かいの安楽椅子に腰掛け、不思議そうに訊いた。

「勇吉さんが取りに行くかどうかはわかりませんでしたが、万が一のことを考えて、善兵衛さんにお願いしていたのです」

お咲から櫛箱の話を聞いた時、隣室では母親のトシが眠っていた。もしもトシに聞こえていたとしたらと考え、善兵衛には二重底に金が入っているとは知らせず、お咲以外のだれにも渡さないように念を押したのだった。

「大切なものですから櫛箱が無事でよかった」

「善兵衛さんは、これからは金庫に仕舞うと言ってましたよ。櫛箱も無事だったし、善兵衛さんに怪我もなかったので、お灸をすえて帰すつもりだったのですが、勇吉の口から綾部蓮太郎への恨み言が次々と出てきましてね。これはおかしいぞ、ということになりました。方針を蓮太郎殺しに切り替えて訊問をしましたところ、急に慌てだして否定するわけですよ。それでお鶴に問いただしましたら、わっと泣き出して、実はすべては勇吉に頼まれてのことだったと白状しました。勇吉は、金を奪うために蓮太郎を殺しましたが、平次郎に罪をなすりつけるつもりなので、人力車で不知森まで連れて来いと」

勇吉とお鶴は金が手に入ったら所帯を持つつもりだったという。

「そうすると、不知森の中で蓮太郎さんを吊るしたのは勇吉なんですね」

紫堂は驚いた様子で確認した。

「そうです。主犯は勇吉です。お鶴は平次郎を連れて行っただけなので、たいした罪には問われないでしょうが」

「勇吉さんの職業はなんですか？」浅見は訊いた。

「ええっと」

瀬崎は調書をめくり、「鳶《とび》ですね。ですが今は怪我をして働けないので、袋貼りの内職をしているようです。生活は相当に苦しいらしく、金のために人を殺すなんてこともやりそうですな」

「それはおかしい」

浅見は思わずつぶやいた。

「おかしいというのは？　勇吉の職業がですか？」

「いいえ。そうじゃありません。お鶴さんと勇吉さんが結婚の約束をしていたということです。そんなはずはない」

瀬崎と紫堂が怪訝な顔で浅見を見た。

「しかし、お鶴が白状しましたよ」

「勇吉さんは認めていないのですよね」

「まあ、そうですが時間の問題でしょう」

「お鶴さんは、結婚相手が決まっていたそうです。結婚すれば一生安泰だと言っていたので、同僚の仲居は、相手は金持ちの男だろうと言っていました」

浅見は言葉を切って宙を見つめた。

言葉の断片。それがよみがえってくる。

自分はそれを言っただろうか。

たった今まであやふやだったが、欠片《ピース》がカチリと音を立てて嵌《は》まった気がした。

浅見はすっくと立ち上がった。

「犯人は蕎麦屋の主人、木村茂太です」

「ええっ」と瀬崎、紫堂の二人が同時に声を上げた。

「待てよ、浅見。茂太さんが犯人だなんて、どうして急に……」

「と、とにかく座って、ゆっくり説明してください」

浅見を落ち着かせようとするかのごとく、瀬崎が手を広げて言うが、困惑が貼り付いた顔をしている。

「ちょっと待ってください。中田さんを呼んできます。警部にも聞いてもらったほうがいい」

瀬崎はあたふたと部屋を出て行った。しばらくして中田と二人で戻って来たが、特に中田のほうは、瀬崎からあらましを聞いたようで、ひどく難しい顔をしている。

四人が安楽椅子に座って向かい合ったところで、浅見は大きく息をして話し始めた。

「僕が思ったのは、松川旅館が鍵だということです。だからお鶴さんが松川旅館の仲居だとわかった時に、茂太さんの存在が浮かび上がってきました。僕は茂太さんに、平次郎さんが犯人だと仄《ほの》めかす投書があったことを話しました。そして今日、またその話をしたのです。平次郎さんが自白したことや、お鶴さんのこと、それから紘葉さんを巡って争っていたことです。すると茂太さんは言いました。『そのうえ平次郎がおかしくなったのが、蓮太郎くんのせいなら、それを恨みに思うのも仕方ないかな』と。僕は瀬崎さんから捜査の状況を聞いていましたが、すべてを茂太さんに話したわけではありません。蓮太郎さんが不知森で平次郎さんを殴った、という投書の内容は話していなかったはずなのです。でもたしかにそうか、というと自信は持てませんでした。しかし他のすべての状況が語っているのです。茂太さんが犯人だと」

浅見はお茶を飲んで口を湿した。

三人は固唾《かたず》をのんで浅見を凝視している。

「あの夜、僕たちは源三さんと話をするために八幡町に泊まることにしました。松川旅館を紹介してくれたのは茂太さんです。眠ってしまった源三さんを紫堂が背負って喜楽庵を出ると、お咲ちゃんに呼び止められて、もう一度喜楽庵に戻ったのです。蓮太郎さんと紘葉さんとの仲は秘密でしたから、喜楽庵では不自然な会話になったと思います。お咲ちゃんも蓮太郎さんと小声でなにかを話していました」

その時、茂太はなにかおかしい、と思ったはずだ。

浅見たちは喜楽庵を出て松川旅館へ向かった。お咲と蓮太郎は一度家に帰って、蓮太郎だけがあとで松川旅館に来ることになっていた。

「僕たちが蕎麦屋を出ると、茂太さんはこっそり松川旅館へ行ったはずなのです」

「あ、それで霊法さんに訊きに行ったのか」

と紫堂は合点がいったというように手を打った。

「そうなんだよ。あの時、霊法さんは喜楽庵に残った。僕たちが店を出た時は鼾《いびき》をかいて眠っていました。そのあと茂太さんが店を出て行った物音で、目を覚まさなかったかどうか訊いたのです。店を出て行ったかどうかはわからないが、ちょっと目が覚めた時に茂太さんの姿は見えなかったと言っていました。だけど厠《かわや》にでも行ったのかと思って、また眠ってしまったそうです。ずいぶん夜も更けて、茂太さんに起こされ家に帰ったということでした」

「それでは茂太が松川旅館に行ったかどうかはわからないですな」

中田が苦々しい顔で言う。

「そうなんです。けれども仲居のお鶴さんは、僕たちを萩の間に通した。そのことから茂太さんは松川旅館に行ったに違いないのです」

「というのは、どういうことです」

「萩の間はお鶴さんの担当で、上客が泊まる部屋です。茶室までついています。茶室からは萩の間の会話が筒抜けでした」

そこで紫堂が大きくうなずいた。

「茂太さんは、僕たちを萩の間に通すようにとお鶴さんに言ったはずなのです。源三さんとの話のあとに蓮太郎さんが来ました。蓮太郎さんは、紘葉さんとお多佳さんが失踪したのは、自分に関係があるような気がする、と言っていました。実際のところは関係なかったのですが、蓮太郎さんはそう思い込んでいるようでした」

浅見は息を整え、三人の顔を見回した。

「この時、蓮太郎さんは重要なことを口にしました」

紫堂と瀬崎が身を乗り出す。

「お鶴さんに聞かれているとも知らず、『茂太さんは、お多佳さんの居場所を知っているんじゃないか』と。どうしてそう思うのかは、明日ゆっくり説明する、と言って帰っていきました」

お鶴は茂太に言われていたはずだ。萩の間でどんな話がされるか聞いておくようにと。それでお鶴は蓮太郎の、この言葉も伝えたに違いない。

「茂太さんは、たぶん震えあがったでしょう」

「え、どうして」紫堂が言う。瀬崎も怪訝な顔をしている。

「茂太さんはお多佳さんの居場所を知っているからです」

「どこにいるというんですか？」

中田は声を落とした。

「どこかで、たとえば東京で無事に暮らしているのなら、その夜、蓮太郎さんを襲って殺す必要もなかったでしょう。お多佳さんは生きてはいないはずです。僕の予想では不知森に埋められているのではないかと思います」

「そんな、まさか」

「お多佳さんは蓮太郎さんの父と名乗る人、つまり篠田金吾さんを連れてきた日以降、行方がわかりません。それは十月三十日のことでした。そのことは蓮太郎さんの日記に書いてありました。篠田さんの話だと、その日、約束の場所に行く途中でお多佳さんの夫らしき人に出くわしたと言っています。茂太さん、いや茂太はお多佳さんをその日のうちに殺したのではないかと思います。なぜなら、ちょうどその頃、団子屋のお婆さんが亡くなっているからです。霊法さんに訊きましたら、亡くなったのは十月の末頃だったと思うと言っていました。強盗が入りスコップで頭を殴られていたそうです。瀬崎さん、その事件が何日に起こったか調べてもらえませんか」

「わかりました」

瀬崎は弾かれたように立ち上がり、部屋を出て行った。

中田は眉間に皺を寄せ目をつぶっている。浅見の話を反芻《はんすう》しているようにも見える。

瀬崎が足音を立てて駆け戻り、ドアを開けるなり言った。

「浅見さん、婆さんの遺体が発見されたのは十月三十一日の午前でした。なかなか店が開かないので、近所の人が入ってみると頭から血を流して死んでいたそうです。死亡推定時刻は、三十日の夜から三十一日の未明にかけてとあります」

浅見はうなずいた。

「三十日にお多佳さんを殺した茂太は、不知森に埋めることにしました。お多佳さんを背負って森に入り、向かいの団子屋でスコップを借りたのではないでしょうか。お多佳さんを埋めてから、いや埋める前かもしれません。口封じにお婆さんを殴り殺したのです」

人通りの多い街道も夜中ともなれば、歩く人もいないだろう。しかし友だちのところで酒を飲んでいた平次郎が運悪くそこを通りかかった。

「スコップで穴を掘る音が聞こえたはずです。以前から不知森には興味を持っていた。入ってみたいとすら公言していた。それで酔いも手伝って入って行ったのでしょう。そしてお多佳さんを埋める穴を掘っていた茂太に見つかり、殺されそうになったのです。スコップで頭を殴られながらも、平次郎さんはどうにか家に逃げ帰った」

「茂太が口封じのために平次郎を……」

瀬崎は言い止《さ》して、「うーん」と唸《うな》った。それは浅見に同意しているようにも、反対しているようにも聞こえた。

「中田さんはどう思います？」

中田もひどく難しい顔をしている。

「それで、蓮太郎殺しのほうも木村茂太がやったと言うのですか。それはどう考えるのです？」

浅見は、茂太がどんな理由でどのように蓮太郎を殺したか、子細に説明した。しかし中田と瀬崎は、それぞれに首をかしげ考え込んでいた。

先に口を開いたのは中田だった。

「すみませんが浅見さん。あなたの推理で茂太を犯人とするのは、やや無理がありますな。動機や殺害方法、なぜ死体を吊るしたのか、ということについては、まあ、こちらとしても一応理解できないことはありません。ですが証拠といえるものがない。勇吉を犯人と考えるにしても証拠はありませんが、お鶴の証言があります。これから二人の話を突き合わせていけば、勇吉を主犯とする事件の全容が明らかになるでしょう。それに、私も喜楽庵には行ったことがありますが、店主はごく気のいい男で、とてもそんな残酷な事件を起こしそうには思えませんでしたがね」

瀬崎も同意して大きくうなずいた。

「そうですよ。なんといっても父親は町会議員ですからね」

6

中田と瀬崎に気の毒そうな顔で見送られ、浅見たちは船橋署をあとにした。

「いいのか？　あんなにあっさり引き下がっちまって」

紫堂は不満そうに鼻を鳴らした。

「まあ、俺も勇吉が犯人だという気がするけどな。金のことでよほど蓮太郎さんのことを恨みに思っていたんだろう。だから不知森に吊るすなんてことをしたんだ。あの勇吉って人はいかにも極悪人という顔つきだからな」

自分の考えに沈んでいた浅見は、なにも答えなかった。

「紘葉さんの居所も見つかって、俺たちの仕事は終わったんだから東京に帰るとするか？」

「いや、帰らない。僕はこれから茂太と会って話をする。自首を勧めるつもりだ」

「おい、まさか意地になっているのか？」

「そうじゃないよ。犯人は茂太に間違いないんだ。ただ証拠がないだけだ。僕はこのまま見過ごすことはできない。たとえ勇吉さんがどんな人でも、無実の罪を被るなんてことがあってはいけないんだ」

「うーん。しかしなあ、もし茂太が犯人だとして、何人も殺して平然としているような凶悪犯だぞ。刑事が取調室で訊問するならともかく、『おまえが犯人だ』って浅見が言ったくらいで白状するかな」

「紫堂は東京に帰ってもいいよ。僕一人で茂太に話をする。犯した罪は償うべきだ、とわかってもらえるまで説得するよ」

「待てよ、おまえを置いて帰るなんてことはしない。俺も行くよ。浅見がそうまで言うなら、俺も一緒に説得する」

紫堂の気持ちはありがたいが、浅見は最初から一人で茂太と話をするつもりだった。万が一、茂太が逆上した時に自分だけのほうが動きやすいと考えたのだ。

喜楽庵に行く前に松川旅館へ行ってみる。

ここから喜楽庵までは、街道へ出てまっすぐである。しかし浅見は喜楽庵までの最短距離を探すことにした。

民家の裏庭と畑、そして家と家の隙間を通ると、ちょうど喜楽庵の裏口に出た。茂太は多分、この近道を使って萩の間に通すように、とお鶴に連絡したに違いないのだ。

「きみはここで待っていてくれ」

浅見は小声で紫堂にささやいた。

「どうしてだよ」

「もしも茂太が暴れ出したり、逃げようとしたら巡査を呼んできてくれ。紫堂は足が速いからな。頼むよ」

と言うと紫堂は渋々うなずいた。

浅見は表にまわって暖簾をくぐった。

「やあ、いらっしゃい」

茂太は相変わらず屈託のない微笑みを浮かべている。昼を少し過ぎた時間だが、運良く客はいなかった。

「茂太さん。あなたに是非聞いてもらいたい話があるのです」

「どうしたんだい。改まって」

「とても重要な話なので、すみませんが店を閉めてもらえませんか」

茂太は驚いて少しのあいだ浅見の顔を見つめていた。

「話ってなんだい？」

「とても大事なことです。だれにも邪魔されずに話したいのです」

「そうか」と茂太は不審そうに目を瞬いたが、暖簾を下ろし表戸を閉めた。ひどくゆっくりした動きで、なにかを考えているようだった。

浅見は店の奥に向かって座った。そこから裏口が見えるわけではないが、様子を見に顔を出した紫堂に合図を送ることはできる。

「僕たちが初めてここへ来た日のことを覚えていますか？」

「覚えてるよ。源三さんと一緒だったよな」

「そうです。あの夜、僕たちは松川旅館に泊まりました。その旅館がいいと教えてくれたのは、茂太さんですよね」

「ああ、そうだよ」

「あなたは仲居のお鶴さんと懇意なのではありませんか？」

「そんなことはない。顔は知っているけどね。道で会えば挨拶をする程度だ」

顔色一つ変えず、さらりと言ってのける茂太に、浅見は恐れを抱いた。一瞬、自分の推理が間違えているのかと思ったほどだ。

「僕たちは萩の間に通されました。あとでわかったのですが、あの部屋は茶室と隣り合っていまして、茶室からは萩の間の話をこっそり聞くことができるのです」

「へええ。それが俺とどういう関係があるんだい？」

茂太は鼻で笑った。

「僕たちは萩の間でいろいろな話をしました。まずは源三さんと、そのあとは蓮太郎さんとです。蓮太郎さんはお多佳さんの話をしていました。自分の母親だと思うとか、父親だと名乗る人に会ったとかです。詳細な話の内容をお鶴さんから、あなたは聞いていたのではないですか？」

「だから言っただろう。そのお鶴っていう女とはそんな仲じゃない。なにを言いたいのかさっぱりわからないな」

茂太は不快感を露わにした。

「蓮太郎さんは帰り際に言ったのです。『茂太さんは、お多佳さんの居場所を知っているんじゃないか』と。あなたはそれをお鶴さんから聞いた。そして蓮太郎さんを殺さなければならないと思った。そうですよね」

「ちょっと待ってくれよ」

茂太は笑って両手を広げた。

「俺がお多佳の居場所を知ってるって？　知っていたら連れ戻しに行くよ。それに蓮太郎くんがそんなことを言ったからって、なんで俺が殺さなければならないんだよ。いい加減にしてくれ」

茂太は顔を真っ赤にして卓子《テーブル》を叩いた。

「それはお多佳さんがすでに死んでいるからです。お多佳さんはあなたによって殺され、不知森に埋められているのです」

「ふざけるな」

耳を聾《ろう》する怒鳴り声だった。

「なにを証拠にそんな馬鹿なことを言うんだ」

「僕はあなたに投書のことを話しました。平次郎さんが不知森の前にいた、という内容です。内容をすべて話したわけではありません。それなのにあなたは、蓮太郎さんが平次郎さんを恨んで殴った、という投書の内容を知っていた。僕は何度も考えました。そのことを言っただろうかと。何度考えても言っていないのです」

浅見は茂太を真っ直ぐに見つめた。

「投書を書いたのは、あなたですね」

「冗談じゃない。おかしなことを言うのはやめてくれ」

「あなたは不安だったはずだ。去年、不知森の中で……。つまりお多佳さんを不知森に埋めている時に会ったのが、自分であると平次郎さんが気付いたのかどうか。しかしそれを確かめる暇もなく平次郎さんは東京の病院に入院してしまった。八幡町に戻ってきてからも奇行があり、あなたの不安が解消されることはなかった。だから平次郎さんに罪を着せることを考えた。それであんな派手な演出をしたのです。蓮太郎さんを殺したのが計画的だったのか、それとも偶発的なものだったのかはわかりませんが、とにかく遺体を不知森に運び、枯れ葉などを掛けて一時的に隠した。その時に今回の計画を立てたのだとしたら、蓮太郎さんの首に縄を掛け、枝に吊るす準備もしていたかもしれません。準備を整えたあなたは、お鶴さんに平次郎さんを連れて来させ、蓮太郎さんを吊るしたのです」

そして自分は店の中から平次郎を、さもその時に見つけたようなことを言い、あまつさえ平次郎を庇《かば》うような言動をしたのだ。

「なにを言ってるんだ。あんた頭がどうかしてるんじゃないのか。俺は蓮太郎くんが吊るされた時には店にいたんだ。それは霊法さんだって知っている。二人で店にいたんだからな」

浅見が不知森の中をのぞき込んだのが昼頃で、茂太が平次郎を見つけて、森の中に蓮太郎の死体を発見した時刻は午後二時過ぎだ。その間、茂太はずっと店の中にいた。それは霊法に確かめてある。

「ええ、そうです。実際に吊るしたのはあなたではなく、あなたと結婚できると思っていたお鶴さんです」

茂太が天井を向いて、さも可笑しそうに笑い出した。

「知ってるだろう。蓮太郎くんはあんなに体の大きい男だぞ。二十貫《かん》（約七十五キロ）くらいはあるだろうな。それをお鶴って女が吊るせると思うかい？」

馬鹿も休み休み言え、と茂太はなおも笑い続けた。

「そこは僕も悩みました。でも一つだけ解決策があったのです。それは滑車の原理です」

茂太の顔色が変わった。

浅見がそう思った瞬間、茂太は隣の角椅子を摑んで振り上げた。

卓子の上に上がり茂太の懐に潜り込めば、その一撃をかわすことができる。浅見は瞬時にそう判断したが、そこに一瞬のためらいがあった。

『卓子の上に上がってはいけません』

それは幼少の頃に、お雪に厳しくしつけられてきた結果だった。

その一瞬が茂太に付け入る隙を与えてしまった。

浅見は、その無骨な角椅子の一撃を脳天に受けてしまったのだ。

目が眩《くら》み、上下左右がわからなくなった浅見は、床に崩れ落ちてしまった。そこへ茂太は、なおも角椅子で二度、三度と殴りつけた。

浅見は頭を庇いながら卓子の下に逃げ込もうとする。その足を、茂太は角椅子を捨て両手で持って引きずり出した。そして浅見の上にのしかかり、力一杯首を絞めにかかったのだった。

『殺される』

頭を殴られていなければ、この状況から逃げ出す手立てを探すこともできたかもしれない。だが、浅見の頭は朦朧《もうろう》としていて、しかも容赦なく首を締め上げられている。

『もうだめか』と観念した時、上に乗っていた茂太の体が、ふっとどこかに消えた。

「大丈夫か」

紫堂に抱き起こされながら見れば、茂太が巡査に取り押さえられていた。ちょうど捕縄で縛られているところだった。

7

喜楽庵で浅見と茂太が対峙《たいじ》しているあいだ、紫堂は裏口で聞き耳を立てていたという。次第に茂太が興奮してきたようなので、『これはまずい』と思った紫堂はすぐに巡査を呼びに行った。運良く町を巡回していた巡査を呼び止め、喜楽庵に戻ると馬乗りになった茂太が、浅見の首を絞めているところだった。

「巡査と二人がかりで、浅見から引き剝がしたんだ。すごい形相だった。別人のようだったよ。人を殺そうとする男は、ああいう鬼のような顔つきになるんだな。まさに修羅場だった。俺は腰が抜けそうになったよ」

紫堂は思い出すだけで恐ろしい、というように自分の腕をさすった。

「ありがとう、紫堂。きみが巡査を呼んでくるのがあと一歩遅かったら、僕は死んでいたんだろうな」

「いいってことよ。浅見の運が強かったんだ」

浅見は頭に大きな瘤を作っていたが、幸い大きな怪我もなく船橋署へ来ていた。

例の応接室に通され、浅見たちは瀬崎から事情を訊かれた。

同時に茂太の取り調べが行なわれている。茂太がなにかを喋ったら、逐一教えてくれることになっているが、いまのところはなにも聞かされていない。

「強情なやつでしてね。『浅見が若いくせに生意気だから殴った』なんて言ってますよ。もちろん私は信じていませんよ。そこにいた巡査も、殺そうとしていたことは明らかだと言ってますからね。それでももう一度お訊きしますが、浅見さんがなにを言ったら逆上したのですか？」

「滑車の原理ですよ」

「滑車の？」

「はい。僕はこれを先にあなた方にも言うべきでした。そうしたらお鶴さんが蓮太郎さんを吊るしたのだ、ということもわかってもらえたでしょう」

浅見がそれを説明する、と言うと瀬崎は中田にも一緒に聞いてもらうと言って部屋を出て行った。

その間に、浅見は帽子掛けを部屋の中央に持ってきた。

「どうするんだ、そんなもの」

紫堂は怪訝そうに訊く。

「見てのお楽しみさ。座布団と縄が必要だ。どこかから借りてきてくれ」

座布団と縄を持ってきた紫堂と、瀬崎、中田が戻ってくるのが同時だった。

浅見はさっそく説明を始めた。

「この帽子掛けが不知森のカシワの木です。ちょっと頼りないですが、これが枝だとします」

浅見は帽子掛けの短い横棒を指した。そして座布団を二つ折りにして帽子掛けの前に置く。

「これは蓮太郎さんです。まず縄の一端を輪にして首に掛けます」

浅見は座布団の三分の一あたりの場所に輪を掛けた。そしてもう一端を帽子掛けの横棒に引っ掛ける。

「まずこの状態で、座布団の重さを確認してください」

中田、瀬崎、紫堂がそれぞれ縄を引き、座布団を吊り下げてみる。

「今の重さを覚えていてください。ここから先は茂太とお鶴さんが実際にやった方法です。帽子掛けに引っ掛けた縄を、座布団に輪にして掛けた縄、つまり蓮太郎の首に掛けた縄の中に通す。そしてもう一度帽子掛けの横棒に引っ掛けた。帽子掛けには縄が二重に掛かっていることになる。

「さあ、もう一度引いてみてください」

最初に中田が縄を持った。疑わしそうな顔つきで縄を引くと、「あ、これは」と目を剝いた。

続いて瀬崎、紫堂が縄を引き、信じられないというように互いに顔を見合わせた。

「これが滑車の原理です。この方法なら自分自身すら軽々と持ち上げることができます。なにせ実際の重さの四分の一になるのですから。だからお鶴さんにも持ち上げることができたのです。茂太は、僕がこれを言った時に我を忘れて暴れ始めました。僕の推理が間違えていない証拠です。ただ、お多佳さん殺しについてはなんの確証もありません」

浅見は、一つ大きく呼吸をした。

「どうでしょう。不知森の中を捜索してみては。お多佳さんはそこに埋まっているはずなのです」

8

不知森の中を捜索すると聞いて、茂太はとうとう観念したという。すべてを白状した茂太は、お多佳を埋めただいたいの場所も喋ったので、捜査員はほっとした。なぜならいくら狭い森とはいえ、不知森を隅から隅まで掘り返すのは大仕事であるし、なによりも少しでも短い時間で捜索を終えたいと思うのは人情だ。不知森は一度入ったら出てこられぬ魔所なのだから。

お多佳と蓮太郎を殺した経緯はおおむね浅見が推理した通りだった、と瀬崎は浅見たちが投宿している松川旅館までわざわざやって来て教えてくれた。

「いやあ、大変なものでしたよ」と瀬崎は言う。不知森の捜索に先立って、近隣の禰宜にも応援を頼んだという。総勢、数十人の祝詞が奏せられる物々しい雰囲気の中、お多佳の遺骨を掘り起こしたのだ。

平次郎が犯人であると仄めかす投書は、やはり茂太が書いたものであった。そのままんなりと平次郎の逮捕で幕引きになるはずだったが、平次郎がお鶴の顔を知っていて、御高祖頭巾を被っていたにもかかわらず、見破られてしまったのは誤算だったらしい。

茂太がお多佳を埋めている時にたまたまそこを通りかかって不知森に入ってしまったためにに殴られ、その恐怖にで心を病んだ平次郎は、危うく犯人にされそうになった。だが、お鶴を知っていたことが自分の身を助けることになった。それは不運続きの平次郎にとっては、唯一とも言える幸運だった。

瀬崎がようやく聞き出した話によると、どうやら自分を殴ったのが茂太だったとは気付いていなかったらしい。

あれほどの目に遭ったなら、平次郎でなくてもだれだって参ってしまうだろう。ほんとうに気の毒なことだと思う。病を乗り越えてなんとか幸せになってもらいたい。

茂太は団子屋の婆さん殺しも認めた。殺害の動機は、『スコップを借りたから』と平然と答えた。その事もなげな態度に、瀬崎は背筋が寒くなったと語った。

この話を浅見は、紫堂と二人で聞いていた。

「茂太がそんな恐ろしいやつだったとはなあ」

紫堂は珍しく神妙な口調だった。

「俺たちに握り飯を作ってくれたんだよ。いい人だと信じて疑わなかったけれど、あれも自分を信用させる手口だったんだろうか」

冷酷非道な茂太にも、そういう人間らしい一面があったと捉えるべきなのか、それとも紫堂の言うとおりなのか、茂太に訊いてみたい気もする。しかし茂太にも、それはわからないかもしれない。いろいろな面を持っているのが人間なのだから。

蓮太郎はなにをもって、茂太がお多佳の居場所を知っていると思ったのかは、茂太にもよくわからないということだった。ただ、『お多佳の居場所を知っているのなら、殺さなければならないと思った』と茂太はやはり淡々と話したらしい。

蓮太郎は聡明な青年だ。茂太のちょっとした仕草や言葉の端々から、お多佳がまさか死んでいるとも思わずに、居場所を知っていると思ったのではないだろうか。

茂太は浅見が検証したとおりの近道で松川旅館に行き、お鶴に浅見たちの話を盗み聞きするように言いつけ、すぐに喜楽庵に戻った。そのあと霊法を起こして帰らせると、再び松川旅館に行き、お鶴から話の内容を聞いた。

その時は、少し前に蓮太郎が旅館を出たところだった。それで茂太はあとを追いかけた。ちょうど不知森の前で追いつき、首を絞めて殺したという。そしてそのまま森の中に引きずり込んだ。あとは浅見が考えた通りだった。

浅見と紫堂は松川旅館を引き払い、行徳に向かっていた。

「お咲ちゃん、見送りに来てくれなかったな」

紫堂が後ろを振り向き振り向き言う。

「新しい仕事についたばかりだからね。そんな暇はないんだよ」

お咲は、大高善兵衛の世話で製糸工場で働くことになった。そこは善兵衛が経営する工場である。紘葉のことをとても心配していたお咲に、せめて無事であることだけでも知らせてやりたいが、それは時を待つことにした。

「強がりを言うな。だけどな八幡町までは行徳船であっという間だ。また会いに来ればいいさ」

肩をばんばん叩かれる。もちろんそのつもりだ。浅見自身、その日を楽しみにしている。

9

海野商会に到着し、海野夫妻に紘葉が無事に見つかったことを報告する。

「それでわしらに居場所を教えられない、というのはどういう訳だ」

「今はまだ、ということです。紘葉さんの心はとても傷ついています。もう少し回復するまで、そっとしておいて欲しいのです」

「馬鹿なことを言うな。わしは親だぞ。娘を捜して欲しいと依頼したのはわしだぞ」

又左衛門は真っ赤になって浅見を怒鳴りつけた。隣に座っている志津も、非難の眼差しを送ってくる。

親としての立場をわきまえ、胸を張って親だと言えるのか、とこちらこそ怒鳴りつけたい思いだった。紫堂も同じ気持ちのようで、膝の上の拳がかすかに震えていた。

「紘葉さんの気持ちを、せめて少しでもわかろうとしてあげてください」

それだけを言うのがやっとだった。

予想通り又左衛門は、腰を浮かして怒りを爆発させようとした。

その時、襖が勢いよく開いて、清蔵が厳しい顔つきで入って来た。

「お父さん、見苦しいですよ」

「な、なんだと」

「あなたが父親らしくなかったのが、紘葉が失踪した理由の一つだというのがわからないのですか？」

「どういう意味だ」

「わかっているはずです」

又左衛門は座布団に座り直し、面白くもないというように鼻を鳴らした。

「浅見さんは、見事に役割を果たしてくれました。俺があなた方の前から隠していた紘葉を見つけたんですから」

「ええっ」

又左衛門と志津は同時に声を上げた。

「紘葉は家に帰りたくないと言っていました。一人になって考えたいと。紘葉があまりにも不憫《ふびん》でした。だから俺は知り合いのところに預けたんです。今はそこで落ち着いた暮らしをしています。紘葉を見つけたことを父や義母《はは》に言わないで欲しいと、浅見さんに頼んだのは俺です」

清蔵は怒りのこもった目で二人をねめ付けた。そして志津に向かって言った。

「あなたのせいでもある。紘葉が頼れるのはあなただけだったはずだ。それなのに、あの冷たい態度は酷《ひど》すぎませんか」

志津は突っ伏して泣き出した。

しばらくの間、嗚咽《おえつ》が止むことはなかった。

ようやく志津は顔を上げると、涙を拭いた。

「私にも頼れる人は、おまえ様だけでした」

又左衛門のほうを見て消え入りそうな声で言ったが、目を合わせることはなかった。

海野商会の主人の後妻に入った気苦労は、並大抵のものではなかったはずだ。だが夫は美しい連れ子の方ばかりを見ている。娘への憎しみは血が繫がっていなかったせいかどうかは、志津自身にもわからないだろう。ただ、この家には志津の心中を察してくれる人が、一人もいなかったということだ。

「お父さん。志津さんを苦しめ、紘葉を苦しめたのはあなたですよ」

又左衛門は奥歯を嚙みしめ宙を睨み付けている。

志津のすすり泣きがいつまでも続いていた。

エピローグ

浅見は紫堂から預かった原稿の束を机《デスク》の上に揃えて置いた。『七人ミサキの呪い』という標題《タイトル》が黒々とした墨で大きく書かれている。

以前、高知に行った時に起きた事件を脚色して探偵小説にしたものだ。英国の小説を読んで、いたく感動した紫堂は探偵、美女、そして助手が登場するものに書き直すと言っていた。それがこれだ。たしかに探偵と美女と助手が出てくる。助手の名前は和藤尊徳《わとうそんとく》でなかなかの人格者であり、鋭い洞察力で事件を解決に導く。外見の描写から、紫堂そのものであることがわかる。

それはいい。

問題は探偵だ。非力な優男で、小さな事をうじうじと考える、煮え切らない男だ。だがその性格のおかげで事件を見事に解決する。こちらは浅見の外見をそのまま描写していた。これも百歩譲ってよしとしよう。

紫堂がどんな小説を書こうが勝手だ。実際にあった事件を面白く変えるのも構わない。だが、一つだけ容認できないことがある。『七人ミサキの呪い』を書き直す、と言った時になにやら嫌な予感がして、背中がぞわりとしたのはこれだったのか。

親友として、紫堂の書く小説に文句を言わなければならないのは辛いが仕方がない。階下で紫堂の声と、お雪、おスミの笑い声が聞こえる。なにか滑稽《こっけい》なことを言って二人を笑わせているようだ。

せっかくの楽しいひとときを邪魔するのも無粋なので、しばらく間をおくことにする。寝台《ベッド》に寝そべって、ほんのひと月ほど前の八幡町での出来事を思い出す。

海野紘葉を探す目的だったが、綾部蓮太郎が殺され、思いがけず警察に協力するかたちになった。あの時、紫堂は危険な目にも遭ったが、探偵の助手として活躍したのだった。もっとも紫堂自身は助手といっても、事件解決の主導権を握っていたつもりだろう。

この下宿に帰ってくるとすぐに、おスミには紘葉が無事見つかったことを知らせた。しかし詳しいことは紘葉本人の希望で教えられない旨も伝えた。後日、紘葉から手紙が来るのでそれを待つようにと言った時の、おスミの戸惑った顔が忘れられない。

あんなに心配していたおスミに申し訳ない気持ちだった。それでもおスミは非常に喜んで感謝してくれたが、紘葉の捜索に関しては、たいしたことをしていないので、なんとも複雑な気持ちだった。

蓮太郎殺しの件を教えて自慢したい気持ちは山々だが、蓮太郎と紘葉の関係を洩らすわけにはいかない。

紫堂にも口止めしてあるが、少々不安ではある。

数日前に紘葉から手紙が来た、とおスミが満面の笑みで報告してくれた。

紘葉は今、踊りの師匠の家に住み込み、弟子となって本格的に修業を始めたという。

なぜ姿をくらましたのか、ということについてどのように書いてあったか知らないが、紘葉が日本舞踊を一生の仕事とするかどうかを悩んでいたため、とおスミは思っているようだ。

紘葉の無事を伝えたときの志津の様子が思い出された。詳細は語らなかったものの、『私なりにあの子を可愛がって育ててきたんです』と繰り返しすすり泣いていた。

なんにせよ、紘葉が海野家を出たことはよかったと思う。

その時、ドアにノックの音がした。顔を出したのは紫堂だった。

「読んだか？」

目は机《デスク》の上の原稿を見ている。

「読んだ」

浅見は起き上がりながら言った。

「どうだった？」

「面白かったよ。だけどな……」

「そうか。そう言うと思ったよ」

浅見の言葉を遮って、紫堂は原稿を取り上げた。

「お雪さんとおスミちゃんも読みたいと言っている」

そう言うなり紫堂は、驚くほどの素早さで階下に下りていく。

浅見はあとを追いかけた。

「待て。僕は許さないぞ」

騒がしい声と足音を聞きつけて、居間の洋卓《テーブル》でお茶を飲んでいたお雪が立ち上がった。

「まあ、坊っちゃま。なにをお許しにならないのですか？」

おスミも目を丸くしていた。

「そ、それは……その、探偵の名前が……」

「探偵の名前は浅見元彦。どうです。いいでしょう。名探偵、浅見元彦です」

紫堂が胸を張って答える。

「素晴らしいですわ」

お雪は両手を合わせて興奮気味に声を上げ、こちらを振り返った。目がきらきらと輝いている。

「ね、坊っちゃま」

〈了〉

参考図書

「市川市史」第3巻（近代） 市川市史編纂委員会 編
「市川市史年表」市川市史年表編集委員会 編
「明治ニュース事典」第4巻 明治ニュース事典編纂委員会、毎日コミュニケーションズ出版部 編集
「千葉県警察史」第1巻 千葉県警察本部
『「葛飾誌略」の世界』 鈴木和明 文芸社
『「葛飾記」の世界』 鈴木和明 文芸社
『子育て善兵衛物語―上総国で間引きとたたかう―』大高栄一 崙書房
『明治の探偵小説』伊藤秀雄 晶文社

この作品はフィクションであり、実在の人物・団体・事件とはいっさい関係ありません。

編集協力　内田康夫財団

光文社文庫

文庫書下ろし

不知森《しらずもり》の殺人《さつじん》　浅見光彦《あさみみつひこ》シリーズ番外《ばんがい》

著　者　和《わ》久《く》井《い》清《きよ》水《み》

2024年6月20日　初版1刷発行

発行者　三　宅　貴　久
印　刷　新　藤　慶　昌　堂
製　本　ナショナル製本

発行所　株式会社　光　文　社
〒112-8011　東京都文京区音羽1-16-6
電話（03）5395-8147　編　集　部
8116　書籍販売部
8125　制　作　部

ISBN978-4-334-10340-8　Printed in Japan

組版　萩原印刷